DAS BUCH DER UNVOLLENDETEN GESCHICHTEN UND BÜCHER

25 Geschichten zum Weiterschreiben auf 176 Seiten

Siegmar Stücher

AF209843

Bibliografische Information der Deutschen Nationalbibliothek:
Die Deutsche Nationalbibliothek verzeichnet diese Publikation in der
Deutschen Nationalbibliografie; detaillierte bibliografische Daten sind im
Internet über http://dnb.dnb.de abrufbar.

weitere Mitwirkende: Mark und Jan Stücher

Herstellung und Verlag: BoD – Books on Demand, Norderstedt

ISBN: 9-783756-817009

Vorwort

Es ist Mai 2022 und ich überlege, welches Buch ich als nächstes schreiben soll.

Bisher sind 5 Bücher von mir erschienen, auf die ich recht stolz bin (und die ich im Anhang aufzähle, falls Sie eines davon kaufen wollen).

Allerdings habe ich viel mehr Bücher angefangen und nie tatsächlich veröffentlicht. Manchmal habe ich 20 Seiten geschrieben, bevor ich eine neue Idee hatte, manchmal war es nur eine halbe Seite und manchmal nichts mehr als ein einziger Absatz.

Außerdem gibt es da die Bücher, die kleine Kurzgeschichten erzählen oder ein Thema aus verschiedenen Aspekten beleuchten sollten. Manchmal war nach 2 Kurzgeschichten Schluss, manchmal gab es nur eine Einleitung und eine Inhaltsangabe.

Fazit ist, es gibt eine Menge Ideen, die ich mal angefangen und nie beendet habe. Vielleicht können Sie ja mit einer oder mehreren Ideen etwas anfangen? Dann schreiben Sie damit doch einfach mal ein Buch! Sie werden merken: Das ist suuuper einfach…:-)

Siegmar Stücher, im August 2022

Mit besten Dank an Britta, Jan und Mark, die es allerdings nicht in die erste Auflage geschafft haben.

Inhalt

1) Ich und die anderen 5
2) Die Agryl 19
3) Roman ohne Titel 23
4) Dimensionssprung 27
5) Walter Müller – eine Kurzgeschichte 31
6) Die Spudriks 38
7) Simmelig 39
8) Das Weicheierbuch 44
9) Der Schmetterlingsflügelschlag 54
10) Der Weltverbesserer 55
11) Endlich Krieg 58
12) Weihnachtsglückskind 63
13) Der letzte Mann 75
14) Zwillingsdiktatoren 77
15) Generation zwischen Scirocco und Golf 78
16) Der Ehrliche ist der Erfolgreiche 113
17) Der Generationenwahnsinn 116
18) Wilhelm Krochus – Diktator und Gutmensch 119
19) Und noch eine Kurzgeschichte 129
20) Alt 141
21) Geheim 149
22) Ein Leben 151
23) So schwierig war es letztlich nicht –
    eine alternative Realität 155
24) Dialoge 159
25) 12 Tage Hölle 161
26) Belogen 162
27) Abschließend 166
28) Anhang 167

Ich und die anderen

1

Eric machte es richtig Spaß, die Katze zu quälen. Das schwarze, ausgewachsene Tier fauchte wie ein Panther und schlug ihre Krallen hektisch immer wieder in seine Richtung. Den meisten Hieben konnte Eric extrem geschickt ausweichen, aber viele hatten seine rechte Hand längst getroffen. Das Blut lief in langen, roten Fäden aus seinem Handrücken. Er hielt den Schwanz des wütenden Gefangenen nur noch

fester und zerrte das wilde Bündel immer wieder nach oben.

"Und noch höher! Na, wie gefällt Dir das Fliegen, Du schwarzes Biest?" Eric schrie die Worte herausfordern heraus, als er die Katze erneut am Schwanz in die Höhe riss. Das war wohl zu viel. Er war unachtsam gewesen. Die Kralle fetzte einmal über seine linke Wange, blieb kurz an der Lippe hängen und Eric ließ vor Überraschung los. In Sekundenbruchteilen war das Tier verschwunden und der Folterknecht stieß einen Fuß wütend auf dem Boden auf: "Scheiße!", entwich es ihm, bevor er sich schnell beruhigte. Er hatte sie lange im Griff gehalten. Sein Blick fiel auf seine rechte Hand. Sie sah wirklich schlimm aus, das Blut tropfte auf den Boden. Er griff in seine Hosentasche, die dabei auch Blut abbekam und zerrte ein altes Taschentuch ans Licht. Mit der linken Hand wischte er sich die Wange ab. Oh, ja, da hatte sie ihm einen gesetzt. Er drückte das Tuch gegen seinen Handrücken und machte sich auf den Weg nach Hause. Er war ziemlich zufrieden mit sich.

"Ich bin mal gespannt, wie meine neuen Freunde darauf reagieren werden", lachte er in sich hinein. Die Kratzspuren würden sein Ansehen in der Gruppe sicher steigen lassen. Er kannte die Jungs zwar erst kurz, aber wusste doch, worauf es denen ankam. Und mit solchen Spuren bekam man gleich ein paar Ohs und Ahs zu hören, auf die er sich regelrecht freute.

Während Eric Winter sich noch vorstellte, wie es nachmittags sein würde, war er bereits die Treppen zu seiner Wohnung aufgestiegen. Er brauchte den Schlüssel nicht, hatte die Tür wieder offengelassen. Sein 2-Zimmer-Appartment war ziemlich heruntergekommen. Als er in Berlin angekommen war, hatte er genommen, was zu kriegen war und noch keine Zeit gefunden, die Bude auf Vordermann zu bringen. Eric zog seine Jacke aus und machte Licht. Sein Fenster ging zum Hinterhof raus. Eigentlich musste er immer das Licht einschalten. Das Waschbecken hatte auch eine gründliche Reinigung nötig, aber zum Abwaschen des Bluts reichte es allemal. Er schaute seine Hand an. Die Spuren seines kleinen Gemetzels mit der Katze waren nicht zu übersehen. 20, 30 lange Kratzer liefen von den Fingern teilweise bis weit über den Handrücken. Einige hatten sich bereits zu ziemlichen Hautfalten entwickelt, die wie ein kleines Gebirge mit roten Vulkanen dort entlangliefen. Die Spur auf seiner Wange schien weniger schlimm. Zwei kurze und ein längerer Streifen zierten seine linke Gesichtshälfte. Mit einem Griff, der darauf schließen ließ, dass jemand genau weiß, wo die kleine Flasche steht, nahm sich Eric das braune Fläschchen mit 80%igen Alkohol und schüttete sich einen großen Guss auf seine Hand. Es brannte, aber das war nur gut. Irgendwie genoss Eric es, dem Schmerz zu widerstehen, schüttete sich fast zeitgleich einen weiteren Teil in die rechte Hand und rieb es, wie Rasierwasser auf seine Wange.

Ah, das tat gut. Zischend ließ er den Atem aus und erstickte damit den Schmerz.

Seine Wange sah jetzt noch roter aus als zuvor. Eric begutachtete sich im Spiegel genauer. Seine dunkelbraunen Haare hatten auch eine Wäsche nötig, sie hingen ziemlich strähnig fast zu weit in sein Gesicht. Überhaupt gefiel Eric sein Gesicht nicht wirklich. Seine Nase war zu weich, sein Mund etwas zu klein. Eigentlich hasste er diesen Anblick im Spiegel und drehte seinen Kopf schnell weg.

Ein Blick auf die alte Ziffernblattuhr zeigte Eric, dass er noch zwei Stunden hatte, bevor er sich mit den Jungs im Club treffen konnte. Er überlegte, was er mit der Zeit anfangen sollte und entschloss sich, ein wenig aufzuräumen. "Zuerst nehme ich mir die 3 Kisten vor." Entschlossen öffnete er die oberste der 3 Umzugskartons, die seit wer-weiß-wieviel-Tagen in der Ecke neben dem Schlafsofa standen und hatte plötzlich ein ganz komisches Gefühl. Er hatte nicht die geringste Ahnung, was da wohl drin sein könnte. Kurz ergriff ihn ein Gefühl wie Angst, aber er wischte es mit einem provokanten Kopfschütteln ab und öffnete den Deckel entschlossen.

"Eine Decke! Mist. Vielleicht sollte ich doch alle Kisten ausräumen. Wieso wusste ich nicht, dass da eine Schlafdecke oben drin ist?"

Kopfschüttelnd griff er die dunkelbraune Decke und warf sie aufs Sofa, gleich neben die hellbraune, die er die Tage erst gekauft hatte. Darunter kamen Bücher zum Vorschein. Schulbücher. Latein, Deutsche Grammatik, Mathematik. Das vierte Buch hatte den Titel "Deute Deine Träume". Ja, er hatte immer diese Träume gehabt. Das Buch erinnerte ihn daran, als ob er es vorher einfach nicht mehr dran denken wollte. Wie von selbst begann er darin zu blättern. Interessant. Eric ließ sich nach hinten aufs Sofa fallen und blätterte auf die erste Seite. Der Inhalt kam ihm noch bekannt vor. Er blätterte weiter und begann zu lesen.

In einem Zug kam er bis zum 2. Kapitel, als sein Blick zufällig auf die Uhr fiel: "Schon zwei Stunden um?" Mit einem Wurf landete das Buch im Karton. "Jetzt aber schnell umziehen und los."

2

Völlig orientierungslos guckte sich Sabine um. Wo war sie? Sie konnte sich an überhaupt nichts mehr erinnern. Wie war sie hierher-gekommen? Was wollte sie auf dieser belebten Straße? Sie drehte sich um die eigene Achse. Eine Kirche, McDonalds, eine Autobahnbrücke. "Ja, Schönefeld! Gottseidank." Sabine war erleichtert. Sie war noch immer in Schönefeld. Die Verwirrung legte sich etwas, aber wo wollte sie eigentlich hin? Kopfschüttelnd drehte sie sich um. "Naja, wenn ich schonmal hier bin, kann ich auch was Essen." Sie ging über die Straße zu McDonalds. Es war nicht viel los. Ein Blick auf ihre Uhr zeigte ihr, dass es kurz nach 3 war. Das McExtra-Menü war neu. Sie würde es versuchen. Sie bestellte und wühlte dann in ihren Taschen. Schließlich fand sie ihren Geldbeutel in der Jackentasche. Der Geldschein, den sie rauszog, überraschte sie. 500 Mark? Woher hatte sie einen 500 Markschein? Die Bedienung guckte auch etwas überrascht, hatte aber dann doch kein Problem, zu wechseln.

Sabine suchte sich einen Platz. Bei McDonalds hatte sie nie das Gefühl, unerwünscht oder unbekannt zu sein. Sie suchte sich einen Platz, auf dem sie die anderen Gäste beobachten konnte. Viel war nicht los um diese Zeit. Ganz langsam ließ sie sich den McExtra schmecken. Sie hatte eine ganz eigene Art, Ihr Menü zu essen. Zuerst kam der Burger, langsam und Bissen für Bissen. Dabei ganz gemütlich das Getränk bis zur Hälfte leeren. Dann erst kamen die Pommes. Sie deckte sie vorher mit reichlich Servietten ab, damit sie nicht so schnell auskühlten. Die zwei Packungen Mayonnaise verteilte sie schließlich nicht, wie die meisten anderen Gäste dann wahllos auf dem Packen Pommes, sondern nahm sich immer zwei, drei Pommes in die rechte Hand und strich darüber einen kleinen Strang Mayonnaise aus der Plastikverpackung.

Dabei beobachtete sie die restlichen Gäste. Ganz hinten rechts saß eine Familie. Offenbar Vater, Mutter und zwei Kinder. Die Kinder sahen sich sehr ähnlich. "Zwillinge, wie süß.", dachte sie, während sie die nächsten drei Pommes aus der Tüte nahm. Drei Tische weiter ein einzelner Mann, vielleicht 30 Jahre alt. Er hatte sich nur einen Cheeseburger bestellt und mümmelte relativ lustlos darauf herum.

An der Theke standen noch zwei Frauen. Sie hatten sich offenbar einiges zu erzählen, denn die Bedienung musste erst zweimal nachfragen, bevor sie dann wirklich zur Bestellung kamen. Die eine Frau erinnerte Sabine irgendwie an ihre Schwester, Sie hatte eine Figur, die ihr sehr ähnlich war. Gedankenverloren griff sie nochmal zu ihrem Geldbeutel. Ihre Schwester hatte immer gut verdient. Zu ihr hätten die 500 Mark eher gepasst. "Hat sie mir das Geld gegeben? Ich muss sie anrufen." Sabines Gedanken schweiften ab. Sie hatte ihre Schwester immer bewundert. Früher waren sie viel zusammen unterwegs gewesen. Am Wedding waren sie immer zusammen reingekommen. Sabine hatte sie vorher immer aufgestylt. Damit sie als 16jährige durchging. Und wenn die Jungs an der Tür Anstalten machten, ihr den Eintritt zu verweigern genügte meist ein Augenaufschlag von Sandra und schon war es kein Thema mehr.

Sandra war zwei Jahre älter und hatte nie Probleme, Jungs kennenzulernen. Sie war bereits mit 12 Jahren ziemlich fraulich gebaut und es gelang ihr durch Kleidung und Kosmetik problemlos, diesen Eindruck aufs Beste zu verstärken.

Meistens war Sandra schon ein paar Minuten, nachdem sie in der Disco waren, spurlos verschwunden. Sie hatte sich von irgendwem einladen lassen und ließ nur ab und zu mal blicken, wenn grade mal kein Verehrer um sie buhlte. Sabine selbst war meistens am Tanzen. Manchmal holte Sandra sie auch von der Fläche und ließ sie teilhaben an ihren Verehrern, besonders, wenn die ihr zu jung waren oder einfach nicht gefielen oder auch, wenn sie nicht "zahlungskräftig" genug waren. Dann stand sie daneben, während zwei oder drei Typen Sandra anbaggerten. Oft ließ sie sich dann dazu überreden, auch einen mitzutrinken oder knutschte auch mal mit dem ein oder anderen etwas rum. Meist waren die Typen aber dann eh schon ziemlich besoffen.

Sabine suchte sich dann oft einen raus und haute schließlich mit dem ab, während sie selbst sehen musste, wie sie nach Hause kam. Ab und zu lieferte sie auch einer der Typen vorher zu Hause ab. Sie saß dann hinten im Wagen und war fast froh, wenn sie dann ein, zwei Straßen vor der elterlichen Wohnung rausgelassen wurde. Bei solch einer Gelegenheit hatte sie auch Christof kennengelernt. Christof war nicht betrunken und hatte sie am nächsten Tag angerufen. Er war eigentlich viel zu alt für sie, aber er hatte nicht nur einen eigenen Wagen, sondern verdiente eigenes Geld, wohnte in einer eigenen Wohnung und war völlig unabhängig.

Fast ein Jahr war sie mit Christof zusammen gewesen. Anfangs war er sehr lieb zu ihr. Es war aber auch ein tolles Gefühl, wenn er sie zur Schule brachte und erst recht, wenn er sie danach wieder abholte. Sie genoss die neidischen Blicke ihrer Freundinnen, die zum Bus gehen mussten oder von ihren Eltern abgeholt wurden.

Gedankenverloren strich Sabine den letzten Rest der Mayonnaise über die letzten zwei Pommes. Ein Geräusch hatte sie aus Ihren Träumen geholt. Die neuen Pommes waren fertig. Es piepte und keiner kümmerte sich offenbar darum. Noch immer in Gedanken stellte sie das Tablett in die entsprechende Ablage und ging zur Tür. Noch immer klimperte das Geld, von dem Sabine nicht wusste, wo es hergekommen ist, in ihrem Lederbeutel. Sie hatte einen Entschluss gefasst: "Ich fahre zu Sandra. Mal sehen, wie es ihr geht. Das wird eine Überraschung." Warum erst Sachen einpacken. Zuhause würde sie schon klarkommen. Kurzentschlossen stieg sie in den nächsten Bus. Bahnhof Zoo. Der Zug fuhr schon eine halbe Stunde später. 54 Mark. "Und wenn keiner da ist, kann ich mir die Rückfahrt auch noch leisten", waren Sabines letzte Gedanken, als sie sich ins Abteil setzte und gemütlich den Kopf gegen das Fenster lehnte. Kurz darauf war sie eingeschlafen. Der Schaffner oder das Kreischen der Bremsen würde sie schon wecken...

3

"Happy Birthday to you, happy birthday to you, happy birthday, liebe Marion, happy birthday to you!" Der Discjockey freute sich, dass alle so gut auf seinen Titel eingestiegen waren und Marion stand völlig bewegt mitten auf der Tanzfläche. All ihre Freunde, alle Arbeitskollegen, alle Verwandten waren gekommen und standen um sie herum. Ihr 30. Geburtstag war ein voller Erfolg. Sie spürte, wie ihr die Tränen in die Augen stiegen vor Glück und Dankbarkeit. Noch bevor alle die Tränen sehen konnten, war Harry bereits bei ihr und hielt sie fest umschlungen in seinen kräftigen Armen. Sie mochte diese Arme. Harry hielt sie immer so fest und wusste genau, wann sie es brauchte. Sie konnte ganz unauffällig die Tränen an seinem breiten Körper abwischen, ohne dass es jemand merkte und kniff ihm kurz in die Seite. Sie wusste, dass er genau wusste, was sie ihm damit sagen wollte. Ein Danke der ganz persönlichen Art. Und Harry hatte verstanden. Marion war wieder so weit okay. Er drückte sie noch kurz einmal etwas fester und ließ sie dann los.

Sofort stürmten die Freunde auf sie zu. Jeder wollte sie drücken. Marion genoss jeden Augenblick. Jede Umarmung war etwas Besonderes und drückte, auch ohne jede Worte, etwas ganz anderes aus. Peter wollte einfach nur den Körperkontakt. Er hatte schon immer für sie geschwärmt und nie bei ihr landen könnten. So war er ihr ein wirklich guter Freund geworden. Und ihn hatte es nie gestört, dass sie vor zwei Jahren einmal ein ganzes Jahr weg gewesen war, ohne sich auch nur einmal zu melden.

Reinholds Umarmung war eher etwas zurückhaltend. Reinhold freute sich einfach, dass er sie wieder hatte. Wie hatte er gesagt, als Marion wieder bei ihm angefangen hatte? "Marion! Endlich! Was muss ich tun, damit Du endlich wieder für Ordnung sorgst hier?" Er hatte ihr sofort ein Angebot gemacht, dass sie einfach nicht abschlagen konnte. Er hatte sie schon immer gebraucht und manches merkt man eben erst, wenn man es nicht mehr besitzt.

Doris stieß Reinhold fast etwas unsanft zur Seite. Sie wollte ihre beste Freundin endlich auch umarmen können. Durch Marion hatte sie Dieter kennen und lieben gelernt. So war Marion auch im Endeffekt dafür verantwortlich, dass sie nun glückliche Mutter einer Tochter und eines kleinen Sohns war. Marion war Patin von beiden und genoss es, zu sehen, wie diese beiden Ersatzkinder aufwuchsen. Sie selbst konnte leider keine Kinder bekommen. Der Arzt hatte ihr das schon vor Jahren gesagt und sie hatte sich damit abgefunden und kümmerte sich seitdem einfach umso intensiver um ihre Paten.

Ihr Adoptivvater hatte sich endlich zu ihr durchringen können. Marion genoss Ralfs Umarmung besonders. Es war nicht immer einfach gewesen, sich zu ihrem "neuen Daddy" zu bekennen, aber im Lauf der Zeit hatten sie eine Beziehung zueinander aufgebaut, die der zu einem echten Vater in nichts nachstand. Im Gegenteil war es eine sicherlich intensivere Beziehung, da die typischen Schranken zwischen Tochter und Vater niemals ihrer Beziehung im Wege gestanden hatten.

Ilse hatte Ralf etwas zur Seite geschoben. Ihre Enkeltochter musste gedrückt werden. Schließlich hatte sie hauptsächlich dafür gesorgt, dass ihr Schulabschluss damals so gut war und sie sich eine eigene Wohnung leisten konnte. In Hamburg gab es nicht viele altsprachige Gymnasien. Und das Julius-Gymnasium gehörte sicher zu den Besten. Sie war so stolz, als sie "Ihre Enkelin" das Abschluss-zeugnis entgegennehmen sah. Mit 1.2 gehörte sie zu den 5 Besten des Jahrgangs. Und das war Ilse auch einen eigenen Wagen wert. Nichts Gebrauchtes. Ein neuer Käfer musste es schon sein. Und dieses Gefühl des Stolzes hatte sich nie gelegt. Irgendwie fühlte sich "Oma Ilse" auch für Marions Karriere in der Werbeagentur verantwortlich. Sie hatte es schnell von der Praktikantin zur rechten Hand des Chefs gebracht. Ihr Wissen war einfach übergreifend, ihre Ideen so vielfältig, wie die Art ihres Humors.

Marion drückte Ilse noch mehr als Harry. Sie wusste genau, was sie ihr alles zu verdanken hatte. Natürlich wusste sie auch, dass "Oma Ilse" da gerne zu ihren Gunsten übertrieb, aber das nahm sie ihr nicht übel. Dazu war die Oma einfach zu lieb. Sie erinnerte Marion immer an die Haushälterin aus der "Patridge-Family". Außen hart und innen ganz weich.

Die Glückwünsche wollten kein Ende nehmen. Fast die Hälfte ihrer Abschlussklasse war da, alle Verwandten und immerhin drei ihrer Exfreunde. Schließlich war Marion fast froh, als der Discjockey schließlich die Umarmungsorgie mit dem lauten Einspielen von "Life is life" unterbrach und alle auf die kleine Tanzfläche stürmten, um die Fete voranzutreiben.

Und Marion ließ sich beim "Abrocken" nicht lange bitten. Erst um 5 Uhr gingen die letzten Gäste. Discjockey Stefan war offensichtlich auch ziemlich fertig. Er hatte alles gegeben. Naja, fast war das auch vorher klar gewesen. Marion hatte ihn auf Empfehlung engagiert. Es war egal, dass er 1000 Mark teurer war, als einer aus Hamburg. Schließlich hatte er mit dem Ball für Mercedes eine Empfehlung, für die sie selbst nicht unmaßgeblich verantwortlich war.

Während Stefan seine Anlage abzubauen begann, setzte sich Marion auf einen Stuhl an der Theke. Sie schüttete sich ein weiteres Glas Champagner ein und genoss das Prickeln auf ihrer Zunge. Früher hatte sie nie begriffen, was an Champagner so besonders war, aber jetzt genoss sie es einfach, wie der Champagner erst ihren Mund ausfüllte, das Kribbeln auf und unter der Zunge begann, um Sekundenbruchteile später in Nichts zu verdampfen, während sie noch versuchte, möglichst viel der kribbelnden Flüssigkeit die Kehle herunter laufen zu lassen.

Stefan ließ einen ziemlich lauten Seufzer vermerken, der Marion aus ihrem kleinen Champagnerrausch riss: "Was ist los, Stefan?" Sie schaute Stefan an. Sie hatte ihn vom ersten Augenblick an gemocht. Der relativ kleine Mann, der so gut erzählen konnte und dabei so wirkte, wie der gute Nachbar von nebenan, guckte Marion an und begann gleich, sich zu entschuldigen: "Sorry, ich wollte Dich nicht stören. War nur das blöde Kabel hier. Das wollte nicht so, wie ich wollte. Naja, um die Zeit ist das Abbauen immer eine lästige Sache, die man einfach schnell erledigt haben will. Bin auch gleich soweit!"

Eine kurze Pause trat ein. Stefan guckte Marion noch an, aber die schien gar nicht mehr zuzuhören. Schon wollte Stefan sich wieder seinen Kabeln widmen, als er plötzlich merkte, wie seine Auftraggeberin langsam nach vorne und vom Stuhl kippte. Er schaffte es nicht mehr rechtzeitig, sie aufzufangen und musste zusehen, wie sie auf den Boden fiel. Mit einem weiteren Schritt war er bei ihr, aber keine Reaktion von Marion. Wie leblos lag sie auf dem Boden. Stefan vergaß seine Kabel sofort. Mit ein, zwei Griffen hatte er Marion auf den Rücken gedreht. Sie war bewusstlos. Das stand fest. Seine rechte

Hand griff zum Handy. "112 oder 110"? Kurz überlegte Stefan, mit welcher Nummer er nun den Krankenwagen rufen könnte, als Marion plötzlich die Augen aufschlug. Sie guckte Stefan an und war völlig überrascht: "Was machst Du denn hier? Was ist mit meinem Baby?"

Stefan wusste nicht so recht, was er davon halten sollte. Er steckte sein Handy wieder ein und legte seine rechte Hand unter Marions Kopf: "Alles wieder okay, Marion?" "Was ist mit meinem Baby?" Marion setzte sich mit einem Ruck auf. Sie war völlig verwirrt. Schweißperlen traten auf ihre Stirn. Stefan versuchte sie zu beruhigen, legte seine linke Hand auf ihre Wange: "Ganz ruhig, Marion, Du bist grade vom Stuhl gefallen. Mehr ist nicht passiert. Was meinst Du mit dem Baby?"

Marion starrte Stefan an: "Mein Baby...", sagte sie leise. "Du hast wahrscheinlich geträumt, Marion. Du bist noch immer auf Deiner Geburtstagsparty. Naja, wahrscheinlich ein bisschen zu viel Champagner, oder?"

So einfach ließ sich Marion nicht beruhigen: "Ich war grade noch im Kreissaal. Ich habe ein Baby bekommen, ein kleines Mädchen. Die Ärzte haben gedacht, dass sie es nicht rechtzeitig holen können würden. Ich hatte solche Schmerzen und alle haben auf mir rumgedrückt, und dann haben sie es rausgeholt und es war ganz blau, meine kleine, süße Sarah. Und dann haben sie sie weggebracht. Ich glaubte, Sahra ist tot, aber dann hab ich einen Schrei gehört. Sie lebt! Und jetzt bin ich hier bei Dir wieder. Wo ist Sarah?"

Stefan hatte ziemliche Mühe, Marion beizubringen, dass es sich offenbar um einen kurzen, hässlichen Traum gehandelt hat. Schließlich, nach einer Viertelstunde hatte er sie aber doch überzeugt. Marion hatte sich wieder beruhigt. Es ging ihr wieder gut. Sie erinnerte sich wieder an ihre Geburtstagsparty und half Stefan beim Einladen der restlichen Musikanlage. Als alles erledigt war, bot sich Stefan an,

Marion nach Hause zu fahren: "Bei Deinem Champagnerkonsum solltest Du besser nicht mehr fahren. Und zudem liegt Charlottenburg eh auf meinem Weg. Ich liefere Dich zuhause ab und Deinen Wagen holst Du morgen ab, okay?"

Marion war dankbar für dies Angebot und drückte Stefan kurz. Sie setzte sich zu ihm in den Bulli und beide begannen ihren Weg durch das dunkle, aber immer noch überraschend lebhafte Berlin. Am Kudamm war fast so viel los, wie sonst an langen Einkaufssamstagen. "Hast Du noch Zeit für einen Kaffee?" Marion guckte Stefan fast bittend an und der hatte nichts dagegen. Um diese Zeit konnte er eh nicht sofort einschlafen und so stellten sie den Bulli ab und gingen 50 Meter weiter zum kleinen Café, dass eh die ganze Nacht offen war. Stefan holte zwei Kaffee und zwei große Donuts mit Schokolade. Sie machten es sich in dem wohlig warmen Café auf den kleinen Holzstühlen gemütlich. Draußen begann es bereits zu dämmern und die Müdigkeit und Anstrengung der Nacht erzeugten eine ganz eigene Atmosphäre. Marion erzählte noch einmal ihren Traum. Stefan war ein guter Zuhörer und wunderte sich, welche Details Marion noch bewusst waren. Da hätte er sicher auch seine Probleme gehabt, Traum und Wirklichkeit auseinander zu halten.

Stefan hatte öfter bereits Déjà-vus gehabt, Situationen, in denen er sich sicher gewesen war, zu wissen, was als nächstes passiert und es auch genauso eingetreten war. Aber das war irgendwie immer etwas verschwommen gewesen, nicht so klar und detailreich, wie Marions kurzer Augenblick im Reich der Träume.

Auch Stefan hatte einiges zu erzählen und Marion, ja, hörte sie ihm zu oder schaute sie ihm eigentlich nur zu? Stefan wusste es nicht, aber genoss einfach die außergewöhnliche Situation mit seiner Bekannten und letzten Auftraggeberin. Marion hatte ihm schon beim ersten Treffen gefallen. Sie hatte etwas. Er konnte nicht sagen, was es war.

Vielleicht ihre etwas kindliche Natur, gepaart mit einer fast männlichen Stimme und einem Selbstbewusstsein, das ganz offenbar nur versuchte, die Unsicherheit tief im Inneren zu verbergen.

Marion erinnerte Stefan an seine erste große Liebe. Nun, es war damals eine Beziehung gewesen, die eigentlich nie über ein gewisses Anfangsstadium hinausgekommen war, aber man erinnert sich halt besonders gerne an seine erste Liebe. Und Marion hatte einfach eine Ähnlichkeit mit dieser Frau. Vielleicht war es auch Einbildung, aber er genoss es sehr, hier mit Marion zu sitzen.

Zwischenzeitlich war es hell geworden draußen. Der 3. Kaffee war bereits getrunken und langsam füllte sich das Café mit Gästen, die ihren Sonntagsbrunch hier einnehmen wollten. Unbemerkt war es fast voll geworden und ein kurzer Blick zwischen beiden genügte, um sich auf den Aufbruch zu verständigen. Stefan hatte sein Honorar für die Nacht längst erhalten und beschloss, die Kosten dieses Nachtgespräches zu übernehmen. Er zückte seine Geldbörse und rief die Bedienung, die längst gewechselt hatte, zum Tisch, als plötzlich ein lauter Ruf durch das Café dröhnte:

"Kirsten! Bist Du es? Kirsten! Ich fasse es nicht!" Ein stämmiger Typ kam auf Marion zu gerannt und bevor Stefan die Chance hatte, in irgendeiner Form zu reagieren hatte er Marion bereits von ihrem Stuhl hochgerissen und mit beiden Armen fest umschlungen. Marion zappelte in seinen Armen, ihre Füße fast in Stuhlkantenhöhe.

Stefan kam langsam zu sich. Er erhob sich von seinem Stuhl und griff fest und eindeutig an den rechten Arm dieses bulligen Typen, der da vor ihm stand und "seine Marion" so unerwartet in die Arme genommen hatte: "Ganz ruhig. Lass Marion los. Ich denke, Du verwechselst da irgendwas!" Auch Marion hatte ihre Sprache wiedergefunden und begann zu schreien. Vor Überraschung (oder war es Stefan harter Griff?) ließ der Bulle Marion los und die atmete erst einmal kräftig aus und ein: "Was willst Du von mir?" Marion hatte ihrem Atem so laut Luft gelassen, dass das ganze Café zwischenzeitlich zu ihnen herübersah. Stefan legte seine Hand auf die Schulter des Unbekannten und nötigte ihn fast unauffällig dazu, ihn anzusehen: "Du hast Dich vertan. Meine Freundin hier heißt Marion, nicht Kirsten!" Stefans Stimme war fest wie selten und dass er Marion als "seine Freundin" titulierte, schien ihm eine gute Idee zu sein, um "sein Revier abzustecken".

Der Bulle guckte beide etwas verwirrt an und murmelte eine Art Entschuldigung. Während er sich Stefans Griff ergab und sich komplett von Marion wegdrehte.

(Sinn der Geschichte sollte es ein, dass es die ganze Zeit um die gleiche Person geht, die verschiedene Identitäten auslebt – Stichworte: Persönlichkeitsstörung, Borderline)

Die Argyl

Die Argyl gehörten zu den ersten Spezies unserer Galaxie, die lernten, mit einer Geschwindigkeit zu fliegen, die es erlaubte, auch größere Strecken zurückzulegen, ohne dabei auf die Hoffnung einer Rückkehr verzichten zu müssen.

Natürlich nutzten sie dennoch jede Technologie, die bekannt war, um die Alterungsrate zu vermindern. Die Argyl waren hier anderen Spezies auch deswegen überlegen, weil sie allgemein mit einem niedrigen Stoffwechsel gesegnet waren. Eine Eigenschaft, die vielleicht auch ihre stoische Ruhe und Gelassenheit erklärte, die man ihnen nachsagte.

In ihrer Heimatwelt waren Kriege und Streitigkeiten völlig bedeutungslos. Man hatte sich auf eine Art Naturgesetz geeinigt, nachdem man sich in Ruhe lässt, solange es einem gut geht.

Damit es allen gut geht, war die Planetenregierung für jede einzelne Person zuständig und einfache, aber klare Regeln bestimmten das Leben der Argyl. Die wichtigste Regel war die des „TitforTat", frei übersetzt: „Was Du anderen antust, wird der Staat Dir antun". Aus dieser Regel ergaben sich fast alle gültigen Gesetze und nur eine kurze Zeit war nötig, nicht mehr als 3,4 Generationen, um diese Regel in die Köpfe der Menschen (nennen wir sie einfach so, weil sie uns auch sehr ähnlich sehen), festzusetzen.

Es entwickelte sich so eine fast völlig friedliche Gesellschaft. Durch strikte Ressourcenverteilung war es schließlich möglich, auf Zahlungsmittel zu verzichten. Von diesem Zeitpunkt an gab es neue Ziele der Gesellschaft. So entwickelten sich Technologien, die allen halfen. Und schließlich begann man, nach mehr zu suchen. Der Weg ins All war ein verständliches Ziel und so ging es für die Argyl dann hinaus in die Fremde der Sterne.

Neben den üblichen Misserfolgen waren es aber vor allem die schnellen Erfolge, die die Argyl recht schnell weiterbrachten: Ihre Art kam bei anderen Zivilisationen, die sie kennen lernten, recht gut an. So überwogen die Erfolge. Und manche Gesellschaft lernte von den Argyl und war somit gerne bereit, Technologien an diese freundliche Gesellschaft weiterzugeben.

Im Jahre 412 nach dem ersten Raumflug war es dann schließlich so weit, dass die Argyl den ersten Kleinstraumschiffen erlaubten, auf „eigene Gefahr" ihre Heimatwelt zu verlassen. Damit breiteten sich die Agryl langsam, aber sicher im gesamten Quadranten aus und manche Gesellschaft erhielt durch sie neue

Eingebungen und lernte von ihnen, ohne dass sie jemals erfahren hätte, dass sie damit den argylischen Grundsätzen folgen würden.

Im Rahmen dieser vielen, kleinen Ausflüge gab es immer viele, kleine Geschichten, die von Generation zu Generation weitererzählt wurden. So auch die Geschichte von Jussug, einem Jungen, der auf einem fremden Planeten liebevolle Eltern fand und die Geschichte der dortigen Zivilisation so beeindruckte, dass letztlich die gesamte menschliche Gesellschaft durch sein Werk vor dem Untergang gerettet wurde.

Diese Geschichte will ich Ihnen erzählen. Eine Geschichte, die Sie vielleicht schon 1000mal gehört haben, aber die Sie vielleicht nun erst verstehen werden, denn bisher hat man Ihnen vielleicht nie die ganze Wahrheit erzählt...:

Kapitel 1

Jonathan und Sarah Jis machten sich ein halbes Jahrtausend nach den ersten Raumflügen auf den Weg, um ebenfalls neue Welten zu erkunden. Sie hatten sich im Laufe von 64 Jahren das Recht erworben, einen Spaceflyer zu benutzen und ein Ziel gefunden, das bisher unerforscht war. Am 3. Tag des 17. Monats der Ygar-Umrundung starteten sie und der erste Teil ihrer Reise verlief wie geplant. Als sie nach 18 Jahren zum ersten Mal erwachten, um ihr Zwischenziel anzusteuern, waren sie selbst überrascht von der Genauigkeit ihrer Navigation. Sie hatten den äußersten Stützpunkt der Argyl fast taggenau erreicht und fühlten sich die 3 Jahre auf diesem kleinen Planeten wie zuhause.

Die dortigen Bewohner hatten bereits seit mehr als 100 Jahren die argylenischen Gesetze angenommen und kaum etwas war anders als gewohnt. Nach 3 Jahren setzten sie schließlich ihre Reise fort. Zuerst überwog der Gedanke, auf dem Mond zu bleiben, denn Sarah war zwischenzeitlich schwanger und wusste, dass Sie in wenigen Jahren einen Sohn gebären würde. Aber schließlich siegte die Neugier. So starteten sie am Jahrestag Ihrer Verbindung dann doch und setzten ihre Reise fort, in der Annahme, dass kein Argylianer diesen Weg bisher beschritten hatte.

Noch wussten sie nicht, dass bereits Mosua, ein Mitglied des Ältestenrates der Argylianer, den gleichen Weg wenige Jahre zuvor beschritten hatte. Dass sie es niemals erfahren würden, war Ihnen natürlich nicht bewusst, als sie sich von den vielen Freunden verabschiedeten und zu ihrem nächsten Ziel flogen.

Mosua war derweil längst auf einem Planeten gelandet, der zur Kategorie „nicht landenswert" eingestuft worden war. Im Sonnensystem dieses Planeten angekommen, waren ihm die Schaltkreise des Antriebs um die Ohren geflogen, so dass er keine Wahl hatte, als dort zu landen.

(...und schon können Sie diese Erzählung gerne mit meiner Erlaubnis fortschreiben und selbst veröffentlichen...)

Roman ohne Titel

Datian Weaver hatte nicht die geringste Lust aufzustehen. Mit einer fahrigen Bewegung brachte er das schrille Piepen seines Weckers zum Verstummen und drehte sich noch einmal auf die andere Seite. Er wusste, dass ihm das nur eine kurze Gnadenfrist einbringen würde, machte sich aber keine Gedanken darüber und war innerhalb von Sekunden in einen zweiten Schlummer gefallen.

BRR-BRR-BRR…"Schon acht Minuten um?" Datian langte wieder mit seiner linken Hand zur Sleep-Taste, verfehlte sie aber und schließlich brachte ein lauter Knall ihn endgültig um seinen letzten Schlummertraum. Blinzelnd öffnete er die Augen, der Wecker war vom Nachttisch gefallen und brrte munter auf dem Boden weiter.

„Scheiße", hörte er sich sagen und wusste in diesem Augenblick bereits, dass das wieder „einer dieser Tage" werden würde. Ein präziser Schlag in Richtung des Brrr brachte es schließlich endgültig zum Verstummen und Datian wühlte sich aus seiner Decke. Es war kalt geworden in der Nacht, aber das merkte er gar nicht. 2 Minuten später stand er bereits im Badezimmer und erledigte die lästigen morgendlichen Pflichten.

Und weitere 15 Minuten später war er fix und fertig angezogen und saß vor dem Fernseher, seine Morgenzigarette in der einen und eine Stulle in der anderen Hand, und informierte sich in den 7.30 Uhr-Nachrichten über die Ereignisse der Nacht. Noch immer hatte er nicht die geringste Lust, gleich loszufahren und seine

Arbeit in dem kleinen EDV-Laden anzufangen, bei dem er nun bereits seit fast 10 Jahren arbeitete und sich doch nie so recht wohlgefühlt hatte.

Dennoch. Was blieb ihm? Blaumachen? „Würd´ mir der Chef nie glauben", dachte Datian noch, als er schon die Jacke halb an hatte. Noch immer nicht ganz wach war er an der Haustür angekommen und schloss mechanisch den Briefkasten auf, obwohl er wusste, dass der Briefträger nur selten so früh bei ihm gewesen war. Diesmal war es anders. Eine Postkarte lag im Kasten. „Hab´ ich die gestern übersehen?" Er steckte sie mechanisch, ohne sie zu lesen, in die Jackentasche, ging weiter zum Wagen. Sein Corsa sprang sofort an, ein Gefühl, das ihn wieder etwas optimistischer stimmte, denn normalerweise hatte sein Wagen das gleiche Problem, wie er selbst: Morgenmuffeln.

Er lag gut in der Zeit und gönnte sich einen Halt beim Bäcker. Eine heiße Tasse Kaffee und ein Ei-Brötchen, dick mit Remoulade belegt, stimmten ihn noch optimistischer und wieder im Wagen auf dem Weg zur Arbeit, ging es ihm langsam besser. Das Brötchen war gut, selbst die Musik im Radio war gut. Unwillkürlich drückte er das Gaspedal etwas weiter runter und freute sich daran, dass der Corsa gleich mitzog.

Zehn Minuten später auf der Autobahn ging es Datian bereits richtig gut. Sogar die Sonne war rausgekommen und versprach einen schönen Tag. Es war kaum was los auf der Bahn und er kam gut voran. Der Radiomoderator sprach sagte grade einen Musikwunsch an: „Besonders liebe Grüße aus dem Urlaub sendet Christine aus Langerfeld ihrem Schatzi Herbert, der heute

Geburtstag hat." Datian fiel die Postkarte wieder ein und griff mit einer Hand in seine linke Jackentasche. „Von wem war die eigentlich?" Er legte sie mit einer Hand auf die Mitte des Lenkrads und las die feinen Schriftzüge und wie immer zuerst den Absender: "Gruß und Kuss, Petra."

Die Karte glitt ihm sofort aus der Hand. „Petra??!" DIE Petra? Datian konnte es nicht glauben und las den ganzen, kurzen Text:

"Grüße aus Ägypten. Habe eben zum ersten Mal ein Kamel geritten. War echt witzig. Und da musste ich an Dich denken...lach... Darum also dieser Gruß aus meinem Urlaub. Bin noch bis zum 12. September hier. Melde Dich doch mal, wenn ich zurück bin."

Datian drehte die Karte um. Natürlich. Ein Kamel vor einer Pyramide. Das war DIE Petra. Er konnte es kaum fassen. Petra schrieb ihm eine Postkarte aus dem Urlaub. Er war verwirrt. So verwirrt, dass er nicht bemerkte, wie er dem silbernen BMW-Cabrio vor ihm immer näherkam, der schon seit Sekunden hinter einem LKW bremste. Und dann war es zu spät noch zu reagieren. Ein lautes Schaben, Kratzen, Knallen riss ich aus seinen Gedanken. Er war dem BMW hinten auf die Stoßstange gefahren. „Scheiße!" brüllte Datian aus vollem Leib und ließ sich etwas zurückfallen. Der BMW setzte Warnblinklicht und wurde langsamer. „Ich wusste, das wird nicht mein Tag", dachte sich Datian Weaver und wurde auch langsamer, um schließlich rechts auf einen kleinen Parkplatz zu fahren, den der BMW ansteuerte. Kaum angekommen, hielt der Wagen auch und die Fahrertür öffnete sich.

Zuerst sah Datian die grellweißen Stiefel aus dem Wagen gleiten, kurz bevor Sekundenbruchteile später ein ebenso weißes Kleid und schließlich im aufregenden Kontrast dazu eine völlig schwarze Löwenmähne sich aus dem Wagen schälte. Die Frau hob ihr Gesicht und Datian verschlug es kurz den Atem, als er dieses Gesamtkunstwerk bewundern konnte. Die Frau schien völlig ruhig, ja, sie lächelte ihn sogar an, als sie sich schließlich ihm komplett zuwandte und langsam, fast aufreizend langsam, Schritt für Schritt auf ihn zukam. Datian wartete ab. Er war auch viel zu sehr damit beschäftigt, diese Frau genauer anzusehen, als dass er etwas anderes hätte tun können.

(…und schon können Sie diese Erzählung gerne mit meiner Erlaubnis fortschreiben und selbst veröffentlichen…)

Dimensionssprung – das Ende des Endes

Vorwort

Wenn man erst einmal tot ist, fällt es einem sehr viel leichter, deutliche Worte zu finden. Was kratzt es mich nun noch, wenn tumbe Zeitgenossen eine andere Meinung haben, ja, gar meine Worte verdammen und mich mit den verderblichsten Beschimpfungen bedenken?

Es ist mir nicht nur egal. Es ist mir eine Freude, diese Stimmen zu hören und zu wissen, dass sie im Unrecht sind, ja, dass sie nicht einmal in der Lage sind, überhaupt zu erfassen, wie sehr sie daneben liegen. Es ist ein Spaß.

Selbst einen Beweis muss ich nun nicht mehr führen. Ich habe es schon getan! Wenn Sie dieses Buch in den Händen halten und diese, meine Worte, lesen, habe ich es bewiesen. Der Beweis liegt sprichwörtlich tatsächlich in Ihren Händen.

Ich habe dieses, mein nun wirklich letztes Buch, geschrieben, nachdem ich gestorben bin.

Einen besseren Beweis kann es nicht geben. Ich denke, Sie, werter Leser, werden mir hier nicht widersprechen können, oder?

Bereits diese fünf ersten Absätze belegen, was Stephen Hawking schon vor mehr als 200 Jahren prognostiziert und in diversen Gedankenexperimenten theoretisiert hat. Seine Theorien kommen der Wahrheit tatsächlich sehr nah. Leider blieb es dem Professor nicht vergönnt, seine Überlegungen bewiesen zu sehen. Seine Krankheit hatte zuletzt leider nicht nur seinen Körper geschwächt, sondern auch Besitz von seinem Geist ergriffen. Ansonsten, da bin ich mir sicher, hätte er Ihnen diese Zeilen vielleicht schon vor mehr als 100 Jahren geschrieben.

Nun bin ich es und kläre Sie auf.

Meine Nachrichten sind wirklich gute Nachrichten. Ich möchte behaupten, Sie werden niemals zuvor bessere Nachrichten gehört haben. Am Ende dieses Buches wird sich ihre Einstellung zum Leben verändert haben. Sie werden auch Ihre Einstellung zum Tod geändert haben. Und zu manch anderem, was Sie vielleicht heute noch „Schicksal" oder „Glück" nennen.

Ich wünsche Ihnen viel Spaß beim Öffnen dieser neuen Tür in eine andere Dimension. In eine glücklichere, eine wunderbare. Mein Ernst. Atmen Sie tief durch und freuen Sie sich auf die nächsten Seiten.

Kapitel 1

„Es gibt viele Menschen, die sich einbilden, was sie erfahren, verstünden sie auch."
Johann Wolfgang von Goethe

Leider war es mir erst mit 24 Jahren vergönnt, diesen Satz eines der bedeutenden Schriftsteller der alten Zeit zu lesen. Und auch dann hat es noch weitere 22 Jahre gedauert, bis ich in der Lage war, ihn so zu verstehen, wie er (dessen bin ich heute überzeugt) gemeint war.

Johann Wolfgang von Goethe hat diesen Satz nicht aus irgendeiner Laune heraus notiert. Das stelle ich hier nicht nur einfach mal so in den Raum. Nein. Ich weiß es. Ich habe mit ihm darüber sprechen dürfen. Es ist ihm ähnlich ergangen, wie mir, aber er lebte einfach zu früh. Seine Generation war noch nicht so weit, zu verstehen. Auch er selbst nicht. Er ahnte etwas. Nicht zuletzt hat er großartige Werke aus dieser Ahnung heraus geschaffen. Heute muss er selbst lachen, wenn er sieht, wie nah er der Wahrheit war, ohne es selbst zu verstehen.

Meine erste Berührung mit diesem, mich prägenden, Satz war der Abend nach der Beerdigung meiner Mutter. Sie war wenige Tage zuvor (eigentlich) mit nur 47 Jahren bei einem Flugzeugunglück verstorben. Abends, um 19:00 Uhr herum, nach dem üblichen Leichenschmaus saß ich mit einigen Mitstudenten in einer kleinen Bar am Ortsrand von Hannover. Ich weiß es noch, wie heute. Cafe & Bar „Linie" an den Fallingbostelstraße 6. Es war ein ziemlich einfaches, rotes Backsteingebäude, links eine kleine Wäscherei, rechts eine Pizzeria, die mit blauen Buchstaben „Mia Mara" versprach.

Die Linie war auch im Inneren eher schlicht aufgemacht. Eine kleine Theke, schwarzmetallic, vielleicht 20 Sitzplätze an kleinen Tischen. Wir hatten links neben der Tür, am Fenster, zwei Tische zusammengestellt. Anke, Harald und Ralf saßen auf der einen Seite, ich und Olaf auf der Fensterseite. Olaf, wie immer, rechts von mir. Ich erinnere mich sogar noch, dass ich auf dem einzigen Stuhl saß, der keines dieser bunten Kissenauflagen sein Eigen nannte.

Später, Jahre später, war dieser Abend bis dahin der erste, der mir so genau in Erinnerung geblieben war, dass es mir gelang von hier aus die Dimension zu überspringen. Aber das geschah erst Jahre später. Wir tranken Altbier. Das ist schwer zu bekommen in Hannover, aber die Linie hatte gutes Diebels Alt. Olaf war es, der sich grade mit seiner Doktorarbeit beschäftigte („Antisemitismus und Katholizismus im frühen 19. Jahrhundert"), der Goethe zitierte, um mich in meiner Trauer etwas aufzumuntern: *„Es gibt viele Menschen, die sich einbilden, was sie erfahren, verstünden sie auch."*

Er sagte es, machte seine übliche Pause und schaute in unsere Gesichter, offensichtlich auf eine Reaktion wartend. Es dauerte einige Sekunden, bevor Anke bedächtig nickte und lapidar meinte „Ja, man weiß nie, wozu etwas gut ist." Danach herrschte wieder Schweigen.

Mir war an diesem Abend gar nicht danach zumute, dieses Zitat detailliert auseinanderzunehmen. Erst viele Jahre später erinnerte ich mich an diesen Abend und es kam mir vor, wie eine Marienerscheinung, als mir der Sinn bewusst wurde.

Damals jedenfalls war mir nicht danach, mit Olaf in eine der sich normalerweise daran anschließenden Diskussionen einzulassen. Mir war nur danach, mich sinnlos zu betrinken. Und das muss sehr gut geklappt haben, denn ich erinnere mich erst wieder daran, dass ich bei Olaf in seiner Bude aufgewacht bin, fast 20 Stunden später.

(...und schon können Sie diese Erzählung gerne mit meiner Erlaubnis fortschreiben und selbst veröffentlichen...)

Überraschung: Eine vollendete Kurzgeschichte

Walter Müller hatte es so langsam satt. Er lief durch die Einkaufszone von Bielefeld, die Sonne schien, eigentlich hätte er fröhlich und

gutgelaunt die Menschen um ihn herum ansehen und sich des Lebens freuen müssen.

Walter Müller hat eine Arbeit, die ihn ernährt, seine Frau und seine zwei Kinder bereiteten ihm viel Freude, wenn er einmal (meist am Wochenende) Zeit für sie hatte. Er hatte sein Bankkonto kaum überzogen, fuhr einen Jahreswagen der Mittelklasse und ein schönes Hobby. Manchmal traf er sich mit Nachbarn und Freunden, feierte in Maßen, manchmal in Übermaßen. Zweimal im Jahr erlaubte er sich einen erholsamen Urlaub und zu Feiertagen besuchte er oft Verwandte, die man sonst so selten sieht.

Alles in allem müsste Walter Müller ein zufriedener Mann sein, aber er war es nicht ganz. Immer wieder ärgerte er sich, wenn er im Fernsehen sah, wie nicht sonderlich intelligente oder gutaussehende Männer zu Themen befragt wurden, von denen sie zwar keine Ahnung hatten, deren Meinung aber doch für viele interessant war. Er hörte, wie Fußballer mit 30 Jahren in einer Villa auf den Bahamas sorglos ihren „Lebensabend" verbringen und er sah, wie der Gewinner eines

Fernsehquizzes auf der Straße angesprochen und um ein Autogramm gebeten wird.

„Mich erkennt niemand auf der Straße. Oder will ein Autogramm von mir. Ich habe kein Haus auf den Bahamas und meine Meinung interessiert höchstens die Politiker kurz vor der Wahl." Darüber ärgerte sich Herr Müller, während er die Einkaufsstraße entlangging und schließlich kurz vor einem Bettler stehenblieb. „Ein armer Hund", dachte Herr Müller und ihm fiel der 10-Mark-Schein ein, den er eben auf der Straße an der Bahnstation gefunden hatte. Kurzentschlossen griff er in seine Hosentasche und holte den zerknüllten Schein raus. Mit einer kurzen, unauffälligen Geste legte er den Schein in den alten Zylinder, der vor dem Bettler stand: "Kaufen Sie sich ein gutes Essen davon heute."

Das „Danke" des alten Mannes nahm er kaum mehr zur Kenntnis und setzte seinen Weg fort. Aber nur 5 Meter waren ihm vergönnt...dann nahm das Schicksal seinen Lauf. Er hörte hinter sich einen Aufschrei: „Einhundert Mark?" Es war ein ungläubiger Aufschrei. Und wieder: „Einhundert Mark!". Er drehte seinen Kopf um und sah den Bettler, einen Hundert-Mark-Schein in der linken Hand schwenkend. Einige Passanten sahen ihn ebenfalls an und der alte Mann wurde noch lauter: "Der Herr hat mir 100 Deutsche Mark gegeben!" Wild gestikulierend zeigte er nun auf Walter Müller und noch lauter: „Ich danke Ihnen, mein Herr! Danke! ER hat mir 100,-- geschenkt!"

Müller wurde es langsam peinlich. Er war stehengeblieben und sah zahlreiche Passanten, die ihn nun ansahen, teils miteinander murmelten „Schau an", „Na, der muss es ja haben", „Guter Kerl". 100 Mark? Müller griff sicherheitshalber noch einmal in die Hosentasche. Nichts. Es waren doch 10 Mark. Nein, halt, seine Hand glitt in die linke Hosentasche. Wahrhaftig. Da war auch ein Schein. Zögernd holte er den Schein heraus. 10 Mark. Die zehn Mark von der Bahnstation. Nun wurde ihm klar, dass er wirklich 100 Mark verschenkt hatte.

Es war ein Fehler, stehenzubleiben. Zwischenzeitlich war ihm der Bettler dicht auf die Pelle gerückt und ergriff dankbar seine Hand: „Ich danke Ihnen! Ich hätte nie gedacht, dass es noch Menschen gibt wie Sie! Danke!"

Walter Müller wurde seine Öffentlichkeit langsam zu viel. Mit einem etwas verkniffenen Lächeln und einem „Ist schon gut" machte er sich von seinem dankbaren Mitmenschen frei und begann langsam Schritt für Schritt rückwärtszugehen, nur weg von dieser Menschenmasse, die ihn nun schon sekundenlang ansah.

Aber weit kam unser Held nicht. Kaum hatte er es geschafft, der Menge etwas zu entweichen, als er bereits eine Hand auf seiner Schulter fühlte. Erschrocken dreht er sich um und sieht in das bemützte Gesicht eines grünen Ordnungshüters: "Verzeihung, habe ich das richtig gehört? Sie haben dem Penner da eben einfach so einhundert Mark geschenkt?" „Nun, ich wollte ihm etwas Gutes tun und da habe ich den Schein aus der Tasche genommen und ihm gegeben und..." „Sie haben also einfach 100 Mark verschenkt, ist das richtig? Sie sind Millionär oder haben im Lotto gewonnen?" „Nein, ich hatte das Geld in der Hosentasche..."

„Ahja, bitte begleiten Sie mich doch einmal zum Funkwagen." „Wieso?" „Nur Routine. Wissen Sie, es kommt nicht oft vor, dass jemand einfach so solche Beträge auf der Straße verschenkt und da müssen wir schonmal zumindest kurz nachprüfen, ob alles seine Richtigkeit hat..."

Unter den Blicken der Passanten begleitete Herr Müller den Polizeibeamten zum Einsatzwagen, der oft an der Haupt Kreuzung in der Fußgängerzone stand und setzte sich zu ihm in den Wagen. Ein anderer Polizist hatte zwischenzeitlich das Geld samt Bettler zum Wagen geholt und war dabei, die Echtheit des Scheins zu untersuchen. Er hielt ihn gegen das Licht, prüfte Wasserzeichen und Faden, zerknitterte ihn, zog ihn wieder auseinander und hielt ihn schließlich wieder prüfend gegen das Licht.

Walter Müller musste seine Personalien angeben. Auch der alte Bettler musste seine Personalien angeben. Schließlich aber gab es weiter nichts zu beanstanden. Müller und sein Bettler wurden mit freundlichen Worten entlassen und durften Ihres Weges gehen. Unter donnerndem Applaus zahlreicher Passanten, die um den Funkwagen herumgestanden und abgewartet hatten, was passieren würde.

„Na, da habe ich was zu erzählen, wenn ich zuhause bin". Und damit machte er sich auf den Weg, kam zuhause an und erzählte seiner Frau die Geschichte.

Eine Stunde später schien sie ihm bereits wieder weit weg. Walter Müller saß auf dem Sofa. Die Kinder waren schon im Bett. Plötzlich klingelte es. Eine Frau stand vor der Tür. Hinter ihr ein Mann mit einer großen Kamera. „Sie sind Walter Müller?" Er jetzt bemerkte Müller das Mikrofon in der Hand der Reporterin. „Ja..." „Sie haben heute einem Bettler unserer Stadt einhundert Mark geschenkt und sind dafür von der Polizei verhaftet worden?" „Nun", begann Müller, noch leicht verwirrt, „die Beamten haben meine Personalien überprüft und ich durfte danach gehen." „Was sagen sie zu dieser Ungerechtigkeit?" „Ich weiß nicht, was ich sagen soll..." „Werden Sie noch einmal einem Bettler so viel Geld schenken?" „Nein, ich denke wohl nicht..." (sicher nicht, dachte Walter Müller eingedenk des 10ers in seiner anderen Hosentasche). „Vielen Dank, Herr Müller!" Schwups, drehten sich beide um und waren verschwunden, wie sie gekommen waren. Kopfschüttelnd machte Walter Müller die Türe zu. Und etwas später ging er schlafen.

Das Schicksal aber nahm unerbittlich seinen Lauf. Pünktlich um 9 Uhr betrat er den Empfang in der ersten Etage seines Arbeitgebers. Selten hatte er ein solches „Guten Morgen, Herr Müller" gehört. Die Empfangsdame strahlte ihn an und in seinem Büro klingelte bereits das Telefon. Kaum den Hörer abgenommen, hörte er bereits die Stimme seines Chefs: "Mensch Müller, kommen Sie doch gleich einmal zu mir!"

Am frühen Morgen zum Chef war meist mit einer schlechten Nachricht verbunden, aber im Gegenteil wurde er von Doktor Wedel freudestrahlend empfangen: "Nun, erzählen Sie doch mal, Müller, wie war das wirklich?" „Was meinen Sie, ich weiß nicht...worum geht es bitte?" „Na, haben Sie denn noch keine Zeitung gelesen? Das musste Müller bejahen. Er hatte etwas verschlafen und war heute Morgen in Eile gewesen. Strahlend hielt ihm sein Chef aber schon die Regionalzeitung unter die Nase. Auf der Titelseite prangte sein Bild, ein freundlicher, leicht verwunderter Müller im Rahmen seiner Eingangstür, darüber die Titelzeile „Großzügiger Spender von Polizei verhaftet". Müller griff sich die Zeitung und blätterte um zum Regionalteil. Dort war ihm eine Viertelseite gewidmet, die Geschichte seiner Tat, mittendrin ein Interview mit Sätzen, wie „Ich weiß nicht, was ich zu dieser Ungerechtigkeit sagen soll!".

Walter Müller wusste wirklich nicht, was er sagen sollte. Der ganze Tag verging wie in einem Nebel. Von allen Seiten flatterten Glückwünsche an ihn heran. Kollegen, die ihn noch nie beachtet hatten, wünschten ihm plötzlich alles Gute, ja, die Vorstandsekretärin beglückwünschte ihn sogar zur ausgezeichneten Auswahl seiner Krawatte.

Schließlich war er froh, als er endlich nach Hause gehen konnte. Heute leistet sich Müller ein Taxi. Er hatte etwas Angst vor der Straßenbahn. Zuhause empfing ihn seine Frau bereits fiebernd: "RTL hat angerufen. Du sollst sofort zurückrufen."

Also wandelte Walter Müller weiter, wie in einer großen Nebelwolke und schon war sein erster Fernsehauftritt perfekt. Blitz würde ihn morgen interviewen.

Blitz tat es. Schon am nächsten Abend hatte sich Walter Müller zum kleinen Fernsehstar gemausert. Und damit nicht genug. Zwei Tage später, fast begann sich sein Leben wieder zu normalisieren, erhielt er wieder einen Anruf. RTL hatte zahlreiche Anrufe bekommen aufgrund seines Auftritts und war nun ernsthaft am Überlegen, eine Sendung mit ihm testweise zu produzieren. Arbeitstitel: „Wehr Dich!" Jeweils 30 Minuten einmal in der Woche am Nachmittag. Normale Bürger sollten darin erzählen, wie sie sich erfolgreich gegen Ämterwillkür und Schikanen gewehrt haben.

Sie werden es ahnen, lieber Leser, die Sendung wurde ein Erfolg, Walter Müller mit einem Grammy gekürt, eingeladen als prominenter Gast in Quizshows am Vormittag und auch die Werbung entdeckte ihn schließlich. Er verdiente plötzlich viel Geld. Für eine Versicherung übernahm er einen Werbevertrag über 2 Jahre, seine Sendung wurde auf den Abend gelegt, das Programm mit Showteilen und Live-Einspielungen aufgepeppt.

Ein Jahr nach dem kleinen Zwischenfall mit dem Bettler war Walter Müller am Ziel seiner Träume. Er fuhr einen neuen Wagen der Oberklasse, lebte in einem schönen Haus an einem See am Rande von Berlin (der Sender hatte auf dem Umzug bestanden), seine Kinder besuchten zwischenzeitlich eine Privatschule, seine Frau war engagiert in zahlreichen Vereinen und Wohltätigkeitsorganisationen, er selbst hatte eine viel jüngere Geliebte.

Mit der Bahn fuhr Walter Müller schon lange nicht. Das gemütliche Einkaufen in der Fußgängerzone hatte er seit einem Jahr nicht mehr gemacht. Immer wieder wurde er in Cafés erkannt, auf der Straße um

Autogramme gebeten, selbst im Urlaub bestürmten manchmal Fans sein Hotel.

Langsam hatte er es satt. Er sehnte sich danach, wieder einmal alleine und unerkannt in sein Lieblingslokal gehen zu können. Was wäre es schön, einen geregelten Tagesablauf zu haben, keine Terminhetze, kein Quotendruck und nicht mehr darauf zu achten zu müssen, was man sagt und tut, um nicht am nächsten Tag mit einem schönsten Skandal auf allen Titelblättern zu stehen.

Sehnsüchtig glitt sein Blick durch die verdunkelte Scheibe seines Wagens, den Straßenrand entlang auf die Reihe „normaler Passanten". Es war ein schöner Sonnentag und Walter Müller beneidete die Menschen auf der Straße. Er überlegte, ob er einfach anhalten und ein wenig spazieren sollte. Sein Blick wanderte weiter. Und er fuhr langsamer. Noch langsamer. „Ach,", stöhnte er dann auf, „auch wenn ich jetzt einfach anhalte und drauflosgehe, wird es nach zwei Minuten sein, wie immer. Ich werde keine Ruhe mehr haben..." Resigniert gibt unser neuer Fernsehstar wieder Gas, als sein Blick noch einmal über den Bürgersteig fliegt. Ein Bettler sitzt an einer Mauer. Es ist ein alter Mann. Müller kann es nicht fassen, er kennt diesen Mann. Er kennt ihn genau. Abrupt tritt er auf die Bremse, hält den Wagen mitten auf der Straße, steigt aus. Ja, er ist es. Und er hat sich kein bisschen verändert in diesem einen Jahr.

Müller greift in seine Hosentasche. Er findet nur eine Kreditkarte...

(Das ist also eine Geschichte, die Sie nun zu einem großen Roman aufbauschen können)

Das Buch der Spudriks

Mein erstes Spudrik habe ich zum 8. Geburtstag bekommen. Ich hatte mir schon zum 7. Geburtstag eines gewünscht, aber meine Eltern waren der Meinung, ich würde damit noch nicht klarkommen. Sie sollten Recht behalten, denn mein erstes Spudrik ging schon nach kurzer Zeit ein. Ich hatte ihm (es war ein Männchen) ein kleines Nest in meinem Zimmer aufgebaut, aber irgendwann dann im Winter vergessen, dass Spudriks ziemlich empfindlich gegen Kälte sind. So lag es eines Tages erfroren neben seinem kleinen Bettchen."

Wenn Professor Mochtel so anfing, wussten seine Studenten, dass nun wieder ein langer Vortrag kam, der in den Worten „Und darum rufe ich Euch dazu auf, die wenigen, noch freilebenden Spudriks zu schützen." enden würde. Und so

(...und schon können Sie diese Erzählung gerne mit meiner Erlaubnis fortschreiben und selbst veröffentlichen...)

Simmelig

Thomas Lambrecht schreckte aus dem Schlaf. Sein Blick ging zum Wecker. 5.45 Uhr. Es war die Nacht zum 4. Oktober 2005. Die Nacht nach seinem 50. Geburtstag. Thomas´ zweiter Blick ging zur Tür. Richtig. Die war ein Spalt offen und durch den Spalt drang gedämmtes Licht aus dem Wohnzimmer.

Thomas Lambrecht war sofort hellwach. Er hatte schon seit langem einen ganz leichten Schlaf. Und wenn dieser hier, in seinem eigenen Haus am Rande des Teutoburger Waldes, gestört wurde, war das schon eine Besonderheit, die all seine Sinne sofort elektrisierte.

Ganz langsam zog er seinen Arm unter Beas Kopf weg und rutschte vorsichtig aus dem Bett. Bea hatte – im Gegensatz zu ihm – einen sehr tiefen Schlaf und war auch sonst nur schwer aus der Fassung zu bringen. Thomas zog sich seinen Schlafmantel an, schlüpfte in seine Hausschuhe und öffnete langsam die Tür zum Wohnzimmer.

Geräuschlos schlich er durch die Tür und zog sie hinter sich ins Schloss. Im Wohnzimmer war nur eine kleine Lampe auf dem Beistelltisch eingeschaltet. Thomas´ Blick glitt über den geschmackvollen Wohnzimmertisch über die gemütliche Wohnlandschaft und die modernen Gemälde, von denen insgesamt 5 die in sanften Tönen gestrichene Wände zierten, aber erst, als er 2, 3 Schritte weiter ging und den größeren Teil des Zimmers einsehen konnte, sah er einen kleinen Mann mit wenig Haaren in einem ziemlich zerwühlten Pyjama am Fenster im Erker stehen.

„Oscar. Was ist los?" Oscar Behrens drehte sich langsam um und Thomas wusste sofort, dass es keine guten Nachrichten sein würden, die ihm Oscar da mitzuteilen hatte. Sein Gesicht wirkte müde und etwas resigniert, als er Thomas die Hand auf die Schulter legte.

„Dr. Riedl hat eben angerufen. Die brasilianische Regierung hat deine gesamten Immobilien beschlagnahmt. Auch Deine Konten sind gesperrt." Thomas Lambrecht ging zur Bar. Sein Gesicht zeigte keine Regung. Er schenkte sich und Oscar einen kleinen Whiskey ein und setzte sich dann in seinen Lieblingssessel. „Das war noch nicht alles, oder?"

Oscar Behrens nickte: „Ja, irgendjemand hat Dich angezeigt. Du sollst Deine Besitztümer nicht nur ergaunert haben, sondern dabei zudem einige Regierungsmitglieder bestochen haben. Deswegen haben Sie auch gleich noch einen Haftbefehl gegen Dich erlassen."

Thomas trank einen Schluck, ließ den schottischen Scotch ganz langsam die Zunge und schließlich die Kehle hinunterlaufen und sah seinen Freund wieder an: „Das war immer noch nicht alles, oder?" Eigentlich hätte Oscar nicht mehr weiterreden müssen. Er konnte sich denken, was nun kommen würde.

„Ja, die brasilianische Regierung hat ihre Anschuldigungen über das Konsulat dem Auswärtigem Amt übergeben. Morgen werden wir wohl Besuch bekommen. Und was mit Deinem Besitz hier passiert, steht in den Sternen."

Das reichte. Thomas stellte das Glas ab. Er hatte nur noch wenige Stunden, um sich etwas einfallen zu lassen und dazu brauchte er jetzt einen klaren Kopf. Man sagt, vor seinem Tod zieht das bisherige Leben vor dem inneren Auge an einem vorbei. So weit war es noch nicht, aber bisher hatte es ihm immer genutzt, aus seinen Erfahrungen Schlüsse für sein weiteres Handeln zu ziehen und so erinnerte er sich jetzt daran, wie sein Aufstieg eigentlich begonnen hatte.

(Anmerkung: Der Plan war es, die folgenden (und mehr) Ereignisse der Zeit in den Roman einzuarbeiten)

1955
Caterina Valente: Ganz Paris träumt von der Liebe / Thomas lernt Caterina kennen

1956
2. Dezember - Kuba. Fidel Castro landet im Osten der Insel. Beginn des Guerillakrieges
Bill Haley singt Rock around the clock

1957
Harry Belafonte: Banana Boat Song

1958
6. Februar - Willy Brandt, Regierender Bürgermeister von Berlin fliegt für 14 Tage in die USA, nimmt die Ehrendoktorwürde der Universität Pennsylvania entgegen und trifft danach den amerikanischen Präsidenten Eisenhower.

29. Juni - Der Gastgeber Schweden unterliegt im Finale der Fußball-WM mit 2:5 gegen Brasilien. Der damals 17-jährige Pelé erzielte dabei zwei Tore.

1959
1.Januar - Kuba. Der Diktator Fulgencio Batista flieht ins Ausland. Ché Guevara und Fidel Castro ergreifen mit ihrer Bewegung des 26. Juli (M-26-7) die Macht in Kuba. Kingston Trio: Tom Dooley
Freddy: Die Gitarre und das Meer

1960
9. September - Bürger der Bundesrepublik Deutschland dürfen ab sofort nicht mehr ohne besondere Aufenthaltsgenehmigung nach Ost-Berlin einreisen. Im Gegenzug erhalten Einwohner der DDR kein Visum

mehr für Reisen außerhalb der Ostblock-Länder. 25. Februar - Rio de Janeiro, Brasilien. Zusammenstoß einer Transportmaschine der U.S. Navy und eines Verkehrsflugzeugs, einer DC-3 der Brazilian Real. Alle 61 Personen beider Flugzeuge starben.

1961

2.Januar - Beendigung der diplomatischen Beziehungen zwischen Kuba und den USA 13. August - Baubeginn der Berliner Mauer. 12. April - Der erste bemannte Weltraumflug der Geschichte startet: ie Raumkapsel Wostok mit dem Kosmonauten Juri Gagarin an Bord. 5. Mai - Als 1. Amerikaner fliegt Allan B. Sheppard ins All. Ralf Bendix: Babysitter Boogie

1962

Kuba-Krise zwischen den USA und der Sowjetunion16./17. Februar - Sturmflut an der Nordsee: Am 16./17. Februar 1962 brach über die deutsche Nordseeküste die schwerste Sturmflut seit über 100 Jahren herein. Orkanböen bis 200 Kilometer pro Stunde und meterhohe Wassermassen ließen die Deiche an der Küste, an der Elbe und Weser brechen. Am schlimmsten traf die Flutkatastrophe das 100 Kilometer von der Küste entfernte Hamburg. Ganze Stadtteile standen unter Wasser, über 300 Menschen kamen ums Leben. Über 60.000 Bewohner südlich der Elbe wurden obdachlos. Strom, Gas und Wasser fielen in der Millionen-Stadt aus. Conny Froboess: Zwei kleine Italiener

1963

26. Juni - US-Präsident John F. Kennedy hält anlässlich seines Berlin-Besuches die denkwürdige Rede vor dem Rathaus Schöneberg, die mit den auf deutsch gesprochenen Worten "Ich bin in Berliner" endet. (siehe: Kennedy-Rede vor dem Rathaus Schöneberg)

22. November - John F. Kennedy wird ermordet Erfindung des Kassettenrekorders 3.September - Dürrenäsch, Kanton Aargau,

Schweiz. Eine Caravelle III der schweizerischen Fluggesellschaft Swissair, auf dem planmäßigen Flug von Zürich nach Genf. Während des Startvorgangs bricht eine Radaufhängung. Dies verursacht ein unbemerktes Feuer im Fahrwerksschacht, nachdem das Fahrwerk eingezogen wurde. Während des Steigflugs griff das Feuer um sich und es kam zu einem Verlust der Kontrollsysteme und der Manövrierfähigkeit. Schließlich raste das Flugzeug im Sturzflug zu Boden, Teile trafen einen Bauernhof. Alle 80 Personen an Bord starben. 24. Oktober - Tragisches Grubenunglück in Lengede Gitte: Ich will nen Cowboy als Mann

1964

31. März - Militärputsch in Brasilien, der Beginn von 21 Jahren Militärdiktatur. General Humberto Castelo Branco wird Staatspräsident. Nelson Mandela wird zu lebenslanger Haft verurteilt. 7. April - IBM stellt das System /360 vor. John George Kemeny und Thomas Eugene Kurtz entwickeln die Programmiersprache BASIC. Friedensnobelpreis - Martin Luther King The Beatles: I want to hold your hand

Usw.

(...und schon können Sie diese Erzählung gerne mit meiner Erlaubnis fortschreiben und selbst veröffentlichen...)

Von Weicheiern, sehr sehr guten Substantiven und ganz Deutschland

Vorwort

Im ZDF gibt es einen kleinen, glatzköpfigen Mann in der ZDF-Heute-Show. Gernot Hassknecht. Der gute Mann kommentiert aktuelle Geschehnisse und steigert sich dabei ständig dermaßen hinein, dass er letztlich, wie das früher bekannte HB-Männchen, irgendwann in die Luft gehen müsste.

Diese Rolle hätte ich gerne übernommen. Leider ist es dafür zu spät.

Denn in die Luft gehen könnte ich immer wieder. Man glaubt nicht, was mich alles aufregen kann. Und das wird mit dem Alter einfach nicht besser. Im Gegenteil. Meine Frau meint, ich hätte nur wieder meine blutdrucksenkenden Tabletten nicht genommen. Wahrscheinlich hat sie Recht. Wie meist.

Kapitel 1) Brötchen

Ich fange erstmal mit einem eher unverfänglichen Kapitel an. Krieg, ADHS und Lehrerinnen kommen später.

In den 90ern habe ich eine Zeitlang in Berlin gewohnt. In Friedrichshain, um genau zu sein. Da war Friedrichshain noch nicht die „neue Mitte", sondern ein Bezirk mit hoher Arbeitslosigkeit, wenig Geschäften und vielen Zigarettenschmugglern.

Ich hatte Arbeit und in meiner Straße gab es nicht nur eine Videothek, sondern vor allem eine Bäckerei. Oder so etwas ähnliches. Und genau deswegen war jeden Morgen vor der Fahrt zur Arbeit ein Anruf im Büro Pflicht: „Soll ich Brötchen mitbringen?"

Die Antwort war immer „ja".

Und der Grund hierfür war genauso einfach, wie die Antwort: Es gab in diesem Laden die besten belegten Brötchen der Stadt! (Und ich rede von Berlin!) Wenn ich da morgens um 7 oder 8 Uhr hereinkam, stand ich meist bereits in einer langen Schlange. Und hinter der Theke lagen mindestens 100 halbe, belegte Brötchen. Dahinter wiederum bedienten 5-6 Frauen und sorgten für beständigen Nachschub.

Dort gab es halbe Brötchen, belegt mit rohem Schinken, Salami oder Fleischwurst. Natürlich mit Butter drunter. Dann gab es Brötchen mit frischem Rührei (mit Speckwürfeln und darauf ein bisschen Petersilie) oder mit Fleischsalat (hausgemacht und mit ein bisschen Petersilie obenauf). Daneben vor Fett triefender Lachs mit ein paar Zwiebelringen und ein paar Scheiben Ei. Der Lachs aus dem Aldi, tiefrot, nicht der Feinschmeckerlachs, der eher weiß, als rot ist und dessen Geschmack nur von Feinschmeckerzungen erkannt werden kann.

Und es gab halbe Brötchen mit harten Eischeiben, darüber ein paar Fingerspitzen Salz und Petersilie. Oder Remoulade. Nicht zu vergessen die Brötchen mit Leberwurst oder Schmierwurst (Braunschweiger). Oder mit Schweinebratenscheiben, schön mit dickem Fettrand, würzig. Und natürlich Mett und Zwiebeln.

Alles superlecker! Und günstig. 90 Pfennig bis 1,20 Mark maximal. Und ohne ein, zwei richtig volle Tabletts kam ich da nie raus.

Diese Brötchen waren nicht nur extrem lecker und erschwinglich, sondern sie beschränkten sich auf das Wesentliche: Brötchen, Butter, Auflage. Ende.

Wenn ich so etwas oder etwas ähnliches heute irgendwo haben will, muss ich zum Metzger gehen, der entweder Brötchen mit im Sortiment hat oder ich muss meine Brötchen mitbringen. Oder ich muss sie mir selbst schmieren.

Gehe ich heute nämlich irgendwo zum Bäcker, oder zum Kiosk, am Bahnhof, Flughafen oder irgendeiner Sehenswürdigkeit oder wenn ich an einer Tankstelle einen Snack haben will, dann bekomme ich etwas ganz anderes. Zwar sind heute belegte Brötchen auch noch belegt, aber anders.

Zuerst einmal: Es gibt eigentlich gar keine halben belegten Brötchen mehr. Zu 95% gibt es nur ganze, mit Ober- und Unterseite. Das wäre für mich noch Okay, auch, wenn so ein ganzes Brötchen heute zwischen 2,20 und 3,50 Euro kostet.

Heute ist ein Brötchen nicht nur anders belegt. Es ist auch viel mehr drauf:

Meist wird eine Seite des Brötchens mit Margarine beschmiert. Manchmal auch mit einer Art Käsequark. Wichtig dabei: Immer nur eine Seite! Oder richtiger: Maximal eine Seite. Manchmal gibt es auch gar keine Fett- oder Pseudofettschicht. Wahrscheinlich ist die zweite Seite in der Brötchen-kalkulation nicht mehr vorgesehen. Bei 2,90 Euro wird's wahrscheinlich ja auch schnell eng mit der Gewinnmarge...

Als nächstes gibt es ein großes Blatt Salat auf die Unterseite. Das guckt dann immer an einer Seite schön weit raus, damit man auch sieht, wie gesund und frisch das Brötchen ist. Nicht, dass mich das interessieren würde, aber es ist hilfreich, da man so besser drankommt an das Salatblatt, um es rauszuziehen und dann zügig entsorgen zu können.

Es folgt eine Scheibe Belag. Eine Scheibe. Nie mehr. Auch die wird so drapiert, dass man sie an einer Seite erkennen kann. Damit die eine Scheibe nach mehr aussieht, wird sie zudem gefaltet. Je nach künstlerischer Fähigkeit der brötchenbelegenden Arbeitskraft mal einfach übereinander, mal in Form eines Schmetterlings.

Handelt es sich bei dem Belag nicht um eine Wurstscheibe, sondern Lachsschnitzel, Thunfisch oder Fleischsalat, so spart man am Beleg dadurch, dass man das Brötchen vor dem Belegen nicht komplett aufschneidet. So kann man hinten, wo die beiden Hälften noch eng beieinander liegen, einfach auf den Belag verzichten. In einer bekannten Fischrestaurantkette hat man das perfektioniert. Vorne sieht es nach richtig viel Lachs aus, klappt man das Brötchen dann auf, fällt einem auch schon die mickrige Menge, die man nur vorne auf die Kante geschmiert hatte, über die Hose oder das frische Hemd.

Zurück zum Belag. Oder besser zum Belag nach dem Belag.

Es folgt eine Gurkenscheibe (natürlich mit Schale am Rand), eine Scheibe Tomate, besser gleich zwei Scheiben. Und – je nach Tradition der Örtlichkeit – gibt's dann noch einen Klatsch Remoulade obendrauf. Außer natürlich, die Remoulade war schon der Butterersatz.

Aus einem Brötchen mit Wurstbelag ist ein Salatbrötchen geworden.

Was soll das?

Wenn so ein Brötchen erstmal ein oder zwei Stunden in der Theke gelegen hat, dann hat sich das Wasser aus der Tomate und der Gurke schön in das ganze Brötchen verteilt. Alles wird labbrig. Und alles schmeckt nach Wasser. Bestenfalls nach Gurken- oder Tomatenwasser.

Warum ist aus meinem halben, leckeren Brötchen im Laufe der letzten 15 Jahre ein beidseitig labbriges Salatwasserbrötchen geworden?

Nun gut, wenn man Glück hat, dann ist das Salatblatt frisch. Wenn man dann hineinbeißt, knackt der Salat so, wie es sonst das Brötchen getan hätte.

Aber ich will gar keinen Salat, der knackt. Ich will ein halbes Brötchen (möglichst die Oberseite) mit dickem Belag und ich will den Belag auf der Zunge spüren, nicht eine Tomate oder Gurke! Und auch keine Remoulade. Warum überhaupt noch Remoulade auf so ein Salatbrötchen kommt, verstehe ich sowieso nicht.

Da wird an allen Ecken gespart und alles soll viel gesünder sein und dann kommt ein dicker Schuss Remoulade drauf.

Wahrscheinlich hat diese Art Brötchen die Mutter eines Grundschülers erfunden. „Junge, Du musst auch Salat essen! Das ist gesund und macht stark." Und weil der Junge sich beständig geweigert hat, sein Nutellabrötchen gegen eine Salatgurke zu tauschen, kam sie dann auf die geniale Idee, den Salat im Nutella zu verstecken.

Und weil die meisten Brötchen von Frauen, vielleicht sogar Müttern, belegt werden, wurde der Salat irgendwann zum Hauptbestandteil jedes belegten Brötchens. Die Remoulade erfüllt dabei natürlich dann gleich mehrere Funktionen:

1. Das Brötchen bekommt einen „Hauch von Burger". Bei McDonalds ist doch auch immer so was drauf, wie Remoulade. Und Burger schmecken den meisten Kindern.
2. Durch die Remoulade kleben Gurke, Salatblatt, Tomate und die Scheibe Wurst dermaßen aneinander, dass es eine große Sauerei bedeutet, wenn man das Grünzeug entfernen will. Da lässt man es besser.

3. Das vielleicht doch schlechte Gewissen beim Bauen des Salatburgers (schließlich hätte Sohnemann oder Töchterchen lieber das Nutellabrötchen mitgenommen) wird durch die nicht wirklich gesunde Remoulade etwas beruhigt.

Ich jedenfalls möchte weder Remoulade auf meinem Brötchen noch Gurken, Tomaten oder knackige Salate. Ich will mein fett belegtes Brötchen mit dick Lachs, Ei, Zwiebeln und vielleicht etwas Petersilie. Oder 3 Scheiben Schweinebraten. Gibt's aber nicht mehr.

Oder nur gegen Aufpreis. Allerdings muss man dann erst den Widerstand der Verkäuferin brechen. „Wirklich ohne Salat? Aber eine Tomate doch, oder?" Man ist froh, dass man nicht noch die Frage zu hören bekommt „Und was mach ich jetzt mit der anderen Brötchenhälfte?".

Die meisten lassen sich dann zumindest zu einer Gurkenscheibe überreden. Die kann man im Auto am einfachsten wieder rausnehmen. Und vor dem Brötchen essen. Man will ja auch was Gesundes...

Was das mit Weicheiern zu tun hat, fragen Sie sich grade?

In meiner ganzen Bekanntschaft gibt es einige Männer, die auch gerne ein Brötchen lieber ohne Salat essen würden. Sie nehmen aber das mit Salat. Weils halt so verkauft wird. Vielleicht sogar, weil es so erwartet wird. Niemand sagt: „Wenn ich einen Salat will, bestell ich mir einen Salat, wenn ich ein Brötchen will, dann bitte ohne Salat." Man hat ein schlechtes Gewissen, wenn man keinen Salat will. Man muss der Verkäuferin das erst erklären und „so schlimm ist es dann ja auch gar nicht". Hauptsache, nicht unnötig auffallen. Sparen wir uns doch den Ärger für wirklich wichtige Dinge. Klimawandel, Atomkrieg oder der nicht gegebene Elfer im letzten Derby sind doch wirklich wichtigere Themen.

Weicheier! Ich rege mich auf, wenn ich einer Verkäuferin erst erklären muss, warum sie die Gurkenscheibe selbst essen und nicht auf mein Brötchen packen soll. Zur Not nehme ich ne Blutdrucktablette mit in den Belag.

Kapitel 2) Sehr, sehr blöd

Immer wieder beklagen Sprachwissenschaftler, dass die deutsche Sprache „verdenglischt" wird oder dass der Dativ dem Genetiv vorgezogen wird. Andererseits finden immer mehr Worte den Weg in den Duden. Zu Recht. Warum soll man auch „simsen", „chillen" oder ähnliche Kreationen einfach ignorieren?

Ich habe nichts gegen eine Veränderung in der deutschen Sprache. Manchmal macht es sogar Sinn, Dinge zu vereinfachen. Wenn die Mehrzahl der Deutschen lieber die Schönheit vom Dativ anerkennt als die Schönheit des Genetivs, dann wird das die deutsche Sprache vielleicht nicht nachhaltig erschüttern.

Allerdings hat sich in den letzten Jahren eine Unart etabliert, die tatsächlich völlig sinnlos und besonders nervtötend ist. Oder, um es auf den Punkt zu bringen: Diese Unart ist sehr, sehr sinnlos oder auch sehr, sehr nervtötend.

Was hat Ihnen besser gefallen?

„Völlig sinnlos" oder „sehr, sehr sinnlos"?

„Besonders nervtötend" oder „sehr, sehr nervtötend"?

Geben Sie es zu! Auch Sie haben schon einmal zu dem „sehr, sehr" gegriffen oder vielleicht zu einer „dicken, dicken Wolke" oder dem „langen, langen Weg". Warum?

Ich weiß es nicht, aber ich gebe mir innerlich sofort eine geistige Ohrfeige, sobald ich anstelle eines besseren Komparativs eine simple Verdoppelung nutze. Denn es passiert mir leider, leider manchmal auch...

Das „sehr, sehr gute Gefühl" könnte ein „besonders gutes Gefühl" sein, die „schwere, schwere Geburt" käme viel besser als „extrem schwere Geburt" rüber, der „lange, lange Weg" ist vielleicht noch länger, wenn man ihn einfach als „sehr langen Weg" betiteln würde.

Ich frage mich, wie sich solch eine sprachliche Einöde durchsetzen konnte. Ich denke, sie hat sich im Fernsehen etabliert. Welcher Moderator irgendeiner Verdummungsshow hat denn sein Handwerk heute eigentlich noch gelernt? Jede(r), der halbwegs gut aussieht und schon einmal in einer Castingshow dabei gewesen ist, darf doch heute gleich seine eigene Show moderieren. Da wird dann aus einem gesungenem „Lalala-hehehe" auch mal ein „tja, da sind wir wieder da. Ich wünsche einen sehr, sehr schöne Abend".

Grade Samstag hat sich Markus Lanz aus „Wetten Dass" verabschiedet. Ich habe irgendwann aufgehört mitzuzählen, wie häufig ihm ein Satz eines Gastes oder die Wette „sehr, sehr gut gefallen hat". Das wäre einem Frank Elstner einfach nie passiert. Dem hätte man solche Sätze bei Radio Luxemburg so lange um die Ohren gehauen, bis er richtig Deutsch sprechen gelernt hätte. Immer wieder. Immer, immer wieder.

Vielleicht finden sich ja in den nächsten Jahren wieder Fernsehmoderatoren, Verkäufer oder Journalisten, die der

Verdoppelung eine Steigerungsform vorziehen? Ich würde mich wirklich, wirklich sehr, sehr freuen...

Kapitel 3) Ganz Deutschland trauert!

Hmmm... ganz Deutschland trauert. Johannes Rau ist gestorben. Kein wirklich guter Anlass für eine Glosse. Andererseits trauere ich nicht wirklich.

Ganz Deutschland trauert? Nein, eine kleine Minderheit in Deutschland interessiert das einfach gar nicht. Warum soll ich um einen Mann trauern, den ich nicht kenne? (Sorry, Herr Rau, aber es war mir schon zu Ihrem 75. klar, dass das die Tage passieren könnte.)

Ganz Deutschland friert? Nein, ich friere nicht. Wir haben eine Zentralheizung. Die funktioniert. Ich friere nicht. Und wenn ich raus muss, dann zieh ich mich warm an. Muss ich frieren, nur, weil es die B-Zeitung befiehlt? Ich glaube nicht. Ich leiste Widerstand! Und die Helden meines Widerstandes sind Heizung, Kohle, AKW, Erdgas und meine Fettleibigkeit.

Ganz Deutschland bangt um die Irak-Geiseln!

Nö. Offen gesagt, war mir das ziemlich egal. Im Gegenteil wundere ich mich eigentlich nur darüber, dass alle Deutschen im Ira/n/k erst entführt werden, seitdem wir eine Kanzlerin haben. Darüber hinaus wundere ich mich, dass dies dazu führt, dass ein völlig unbekannter Außenminister namens Steinmeyer plötzlich in aller Mund ist.

Was soll das? Warum meint jeder Fernsehsender und jede Boulevardpresse, dass sie bestimmen kann, dass „ganz Deutschland" etwas macht? Ist Big Brother schon in unser aller Leben eingedrungen?

Ich habe nix davon bemerkt. Sie schon? Trauern Sie? Frieren Sie? Bangen Sie? Sind Sie völlig verunsichert?

Seit 10 Jahren versuche ich, meinen Kindern beizubringen, dass sie ihre eigene Meinung haben und vertreten sollen. Stehe ich da auf verlorenem Posten?

Ganz Deutschland steht auf verlorenem Posten! Ganz Deutschland lässt sich verarschen. Ganz Deutschland? Nein, eine kleine Minderheit von 80% der Deutschen hat eine eigene Meinung. Und die lassen wir uns nicht durch Sensationsmedien nehmen.

Ganz Deutschland rebelliert. Hoffentlich.

Kapitel 4)

Weitere mögliche Themen (nur Ideen – vielleicht schreib ich das Buch doch noch einmal weiter):

ADHS, Lehrer/innen, Gendern, Jungserziehung, Politiker, speziell FDP, Kochsendungen mit Männern, Frauenquote, Krieg und Regeln, Frauenfußball

(...und schon können Sie diese Erzählung gerne mit meiner Erlaubnis fortschreiben und selbst veröffentlichen...)

Der Schmetterlingsflügelschlag

Es war am xx.xx.xxxx um 16:04 Uhr, als zum ersten Mal in China ein Sack Reis umfiel. Zumindest handelte es sich um das erste Mal, dass ein Sack dabei nicht nur beobachtet wurde, sondern ein kleines Kind später davon seinem Vater berichtete. Erst so war es möglich, irgendwann davon zu hören.

Der Sack stand an einem Scheunentor, etwas abseits von Huixian, neben einem schon etwas verfallenen Hauptgebäude. Es war etwas windig an diesem Tag und eigentlich war es eine Schaufel, die zuerst umfiel. Sie fiel so unglücklich, dass ein Brett direkt hinter dem Sack zur Seite kippte und dabei den vielleicht 5 Kilo schweren Sack mitriss. Er kippte langsam, aber unablässig nach vorne. Bis er umgefallen war.

Ein kleiner Vogel, er sah aus, wie ein Sperling, der grade auf dem Sack gesessen und durch die kleinen Löcher versucht hatte, an den Inhalt desselben zu kommen, schreckte auf und flog schon bei der ersten Bewegung des Bretts mit kurzen, schnellen Flügelschlägen in den Himmel, nur beobachtet von 2 dunklen Mädchenaugen.

(...und schon können Sie diese Erzählung gerne mit meiner Erlaubnis fortschreiben und selbst veröffentlichen...)

Der Weltverbesserer

Den bayrischen Ministerpräsidenten umzubringen war tatsächlich – im Rückblick – extrem einfach. Der nervte seit Wochen und ich hatte nichts anders zu tun, als ihm eine Kugel in den Kopf zu jagen. Er war erstaunlich schlecht abgesichert. Es reichte ein öffentlicher Auftritt vor den Wirtschaftsjunioren in irgendeiner dieser bayrischen Provinzen und als er aus der altbayrischen Kneipe wieder herausging, habe ich ihm eine Kugel in den Kopf gejagt. Ich war schon als Jugendlicher ein guter Schütze gewesen und so war der Schuss aus vielleicht 100 Metern Luftlinie nicht wirklich schwierig. Und auch der Weg weg vom Dach war einfach. Niemand fand letztlich einen Hinweis auf mich. Der Rest ergab sich dann. Immerhin sind heute die Probleme der Welt gelöst. Und alles hat angefangen mit einem gezielten Schuss aus dem Gewehr meines Vaters.

Aber beginnen wir mit der Situation zu Beginn des 21. Jahrhunderts. Unser erster, nervender, Toter hatte die aktuelle Kanzlerin Deutschlands schon seit Monaten immer wieder unter Druck gesetzt und die sogenannte „öffentliche Meinung", provoziert durch populistische Boulevardzeitungen und meinungsmachende Pseudodiskussionsrunden im öffentlich-rechtlichen Fernsehen, verführte die wenig informierte, dafür aber schnell zu verführende Masse der Unter- und Mittelschicht dazu, nach neuen Köpfen zu schreien. Deutschland war kurz davor, ähnlich, wie die USA, einen verwirrten, aber populistischen Präsidenten zum nächsten Kanzler auszurufen. Die sogenannte „Alternative für Deutschland" erhielt immer mehr Zulauf und die warnenden Intellektuellen der Republik wurden nur noch niedergeschrien.

Die Welt stand vor dem Abgrund an vielen Stellen:
- Das Klima änderte sich zu unseren Ungunsten
- Diverse Kriege in der Welt führten zu massiven Aufrüstungen
- Kleine und kleinste Diktaturen standen kurz davor, Atomwaffen nutzen zu können
- Amerika machte sich durch einen populistischen, allerdings nahezu IQlosen Präsidenten zum Affen vor der Welt
- In Russland dagegen nahm sich der dortige Diktator erst eine kleine Insel und dann weite Teile anderer Gebiete in der Art, wie es schon unser ehemaliger Führer in seiner Anfangszeit hinbekommen hatte

Aber auch in Deutschland mehrten sich die inneren Probleme:
- Es gab immer mehr Rentner, die von immer weniger Arbeitnehmern finanziert werden mussten
- Nahezu 90% der Brücken in Deutschland waren marode und mussten dringend neu gebaut oder zumindest repariert werden
- Der Osten Deutschlands war wirtschaftlich viel schwächer als der Westen
- Die Pflege der immer älter werdenden Menschen wurde zu einem Riesenproblem, da es an Pflegekräften und Pflegeplätzen fehlte
- Die Lücke zwischen den Gutverdienern und den Normalverdienern wurde nicht nur immer größer, sondern die deutsche Mittelschicht rutschte finanziell immer weiter ab
- Einem kleinen Teil der Deutschen gehörte der Großteil des deutschen Vermögens
- Kinder waren kaum mehr zu finanzieren, so dass die Anzahl der Geburten beständig abnahm

- Die Gesellschaft wurde immer fremdenfeindlicher
- Die Mieten wurden für Normalverdiener immer unbezahlbarer
- Der Anteil der Bevölkerung mit mittlerem oder niedrigem Wissen nahm beständig zu, da die Geburtenrate in diesem Teil der Bevölkerung im Vergleich zum intelligenten Teil deutlich höher war

Es gab einige weitere Probleme, sowohl auf der Welt als auch speziell in Deutschland. Und irgendetwas musste passieren. Als ich beschlossen hatte, dass ich derjenige sein würde, der etwas machen müsste, war der schwierigste Teil schon geschafft. Manchmal ist es einfach nur eine Entscheidung, die man treffen muss. Die Umsetzung ist dann recht simpel.

Und so beschloss ich einfach, mit dem bayrischen Ministerpräsidenten anzufangen. Und danach war ich nicht mehr aufzuhalten. Und löste mal eben die Probleme der Welt.

Natürlich kennen Sie, als Bewohner dieser neuen Welt, die Lösungen. Aber Sie wissen wahrscheinlich nicht, wie es dazu genau gekommen ist. Eigentlich war das das größte Problem: Die einfachen Lösungen verheimlichen, so dass alle denken, die Entwicklung wäre nur logisch und konsequent.

Aber beginnen wir von vorne:

(...und schon können Sie diese Erzählung gerne mit meiner Erlaubnis fortschreiben und selbst veröffentlichen...)

Endlich Krieg

So langsam haben wir uns einen Krieg aber auch wirklich mal wieder verdient!

(Geschrieben weit vor dem Ukraine-Krieg – und natürlich als Satire gedacht!)

Vorwort

Geben wir es zu: Wir hatten extrem viel Glück. Ich bin Jahrgang 1963. Was ein Krieg ist, habe ich nur aus dem Geschichtsunterricht erfahren oder aus den Nachrichten. Selbst meine Eltern haben den letzten Krieg in Deutschland nicht mehr wirklich erlebt. Sie waren Kinder zu der Zeit und nahezu ohne Erinnerung. Erst eine Generation früher gab es die Erinnerungen an zwei Kriege.

Das ist alles so lange her. Und wahrscheinlich auch gar nicht so schlimm, oder?

Wenn ich heute Call of Duty oder andere Spiele auf der Playstation spiele, dann muss ich das doch vermuten. Und meine Kinder erst recht. Meine Jungs sind 1999 geboren worden. Über 50 Jahre nach dem letzten Krieg in Deutschland. Sie haben sogar deutlich mehr Spaß an diesen Spielen auf der Playstation, als ich.

So läuft der Krieg, den wir kennen: Irgendwo hinter einer Mauer verstecken und dann die Feinde abballern, solange es geht. Im schlimmsten Fall muss man kurz warten, bis das nächste Leben aktiviert ist und kann sich schnell wieder hinter der nächsten Mauer verstecken. Oder man denkt sich „was solls" und stürmt mit vollem MG-Magazin einfach vorwärts und nimmt alle Feinde mit, die man mitnehmen kann. Ganz ohne, dass man vorher Butch Cassidy und Sundance Kid gesehen haben muss.

Einer meiner Söhne möchte jetzt sogar zur Bundeswehr. Afghanistan macht ihm keine Angst. Schließlich hat er schon im Fernsehen gesehen, wie die Verteidigungsminister sich da die Klinke in die Hand geben. Und mehr Geld pro Tag gibts da auch. Der Rest wird schon gutgehen.

Aber natürlich gibt es viel bessere Gründe für einen Krieg als nur den, dass der nicht so schlimm ist.

Der vielleicht beste Grund ist sicherlich, dass Jugend von heute dann endlich mal die Handys und Tablets und Playstations liegen lassen und „draußen vor der Tür" spielen gehen würden. Ein bisschen an der frischen Luft kann nicht schaden.

Ein weiterer Grund ist die Rentenversicherung. Wahrscheinlich kommen Sie selbst drauf, aber ich erkläre es gleich ausführlich.

Natürlich würde auch unsere marode Infrastruktur von einem Krieg profitieren. Vorausgesetzt, wir verlieren den, wie sonst auch immer. Aber selbst, wenn wir den gewinnen würden, würde sich die Situation hier verbessern.

Nicht zu vergessen, wäre schnell das aktuelle Thema der Migration vom Tisch. Viele junge, wehrbereite Männer stünden sofort zur Verfügung.

Das Wort Arbeitslosigkeit würde annähernd sofort durch Vollbeschäftigung ersetzt.

Aber denken wir nicht nur in deutschen Dimensionen. Schauen wir einmal über den Tellerrand hinaus. Wäre der Tod von dem ein oder anderen Diktator nicht ein prima Grund für einen Krieg? Man erschießt einfach die wesentlichen Störfaktoren der politischen Prominenz und irgendjemand wird dann schon den Krieg anfangen. Da bieten sich doch zahlreiche Ziele an. Denken wir an den Nahen Osten oder Korea. Oder die USA. Fallen Ihnen da nicht sofort Ziele ein, die eigentlich schon jetzt mehr oder weniger kopflos agieren?

Sie sehen: Ein Krieg muss her.

In den nachfolgenden Kapiteln werden wir uns die einzelnen Punkte einmal genauer ansehen. Ich bin mir sicher, Ihnen fallen weitaus mehr Gründe ein als mir. Aber ich bemühe mich nachfolgend, möglichst viel zu berücksichtigen.

Inhalt

- Krieg und Spiele
- Innovationen entstehen fast immer aus militärischer Nutzbarkeit
- Die Rente wird wieder sicher – für alle Überlebenden
- Ein gesundes Volk braucht kein überteuertes Kranken-versicherungssystem
- Vollbeschäftigung vor, während und nach einem Krieg
- Wir sind das Volk – Migration durch Expansion
- Flickschusterei in der Infrastruktur hilft niemandem
- Förderung der Gesundheit unserer Jugend – Weltreise statt Whatsapp
- Krisenherde der Welt lassen sich mit einem Schlag befrieden
- Billiarden Defizite aller Länder, annulliert Euch!

KRIEG UND SPIELE

Ich habe damals in der 70er und 80er Jahren auch auf meinem Computer gespielt. Das waren Spiele, wie Frogger, Donkey Kong,

Lemminge oder Tetris. Meine Eltern hatten noch keine Computer und spielten auf der Straße, kurz nach dem 2. Weltkrieg fand sich vieles, um irgendwo seiner Fantasie freien Lauf lassen zu können. Selbst meine Frau, Jahrgang 1971, war noch auf ihren Rollerskates unterwegs oder regelmäßige Besucherin der nächsten Eisbahn. Auch, wenn Sie manchmal auf ihrem Nintendo Gameboy Super Mario hüpfen ließ, so wusste sie zumindest noch, was die „frische Luft" bedeutet.

Manchmal erzählten unsere Eltern etwas von der Nachkriegszeit. Wie alles neu begann, nachdem alles geendet hatte. Von der Zeit des Wirtschaftswunders, von den 68ern, der sexuellen Revolution. Seltener hatten wir die Möglichkeit, dass Oma oder Opa vom wirklichen Krieg berichteten, vom Hungerwinter 1947, der Kriegsgefangenschaft oder den langen, angstvollen Nächten in Bunkern oder überfüllten Kellern. Oma und Opa hatten nur wenig Zeit, zu spielen, aber ihre Kinder hatten den Hof, malten mit Kreide Zahlen auf das Pflaster und spielten mit Steinen „Himmel und Hölle" oder natürlich Fußball zwischen mit Stöcken improvisierten Toren.

Machen wir den Sprung in die 2. und 3. Nachkriegsgeneration.

„Call of Duty", „World of Tanks", „Half-Life" oder „Doom" sind die Renner der digitalen Welt. Man erschießt digital seinen besten Freund, der ein paar Kilometer entfernt oder am anderen Ende der Welt in seinem Sessel sitzt oder im Bett liegt und sich freut, dass er noch genug Token hat, um sich wieder zu beleben und dann auf Rache aus ist.

Und tatsächlich: Die virtuelle Realität sieht immer echter aus. Als hätten die Programmierer wirklich einmal in einem Schützengraben gelegen oder einen Häuserkampf erlebt. Das Blut spritzt, die Anzahl der getöteten Feinde führt zu Beförderungen und irgendwann ist man selbst so tot, dass man nicht einfach mal ein Leben nachladen kann. Dann muss man im schlimmsten Falle von ganz vorne beginnen. Das kann so nerven, dass man stattdessen entscheidet, eine Party Fußball zu spielen. Als Ronaldo, oder als Messi. Natürlich bleibt man dazu auf dem Bett liegen. FIFA interessiert nicht, wo und wie man es spielt. Man braucht nur eine passende Verbindung.

Was ich damit sagen will: In Deutschland können wir es uns aktuell leisten mit veralteten Waffen und Panzern herumzuspielen. Wir brauchen keine funktionsfähigen Kampfhubschrauber, weil wir eigentlich keinen Kampf erwarten. Unsere Maschinengewehre dürfen ruhig beim 1000. Schuss heiß werden, weil in der Schießbahn in der Kaserne niemals 1000 Schuss hintereinander abgegeben werden. Uns reicht es, wenn wir das in virtuellen Welten spielen können.

Nur ein ganz geringer Bruchteil unserer Bevölkerung erlebte in den letzten 50 Jahren einen Krieg. Und den meist nur an relativ sicheren Orten. Seit die Bundeswehr 1992 zu Auslandseinsätzen geschickt wurde, starben lediglich 108 Soldaten, davon etwa die Hälfte in Afghanistan. Insgesamt sind aktuell (2018) ca. 4.000 Soldaten in Auslandseinsätzen unterwegs.

(…und schon können Sie diese Erzählung gerne mit meiner Erlaubnis fortschreiben und selbst veröffentlichen…auch, wenn der Ukraine-Krieg einiges verändert hat – und bitte: Das obige ist eine Satire!)

Weihnachtsglückskind

Wer in den sieben Tagen zwischen Weihnacht und Neujahr geboren wurde, und zwar speziell an einem heiligen Sonntag, dem sagt man nach, dass diese glückliche Person einen Wunsch an das Universum frei hat, das dieses – wenn der Wunsch nicht gegen allgemeingültige Gesetze und Sitten der für uns alle gültigen Weltenordnung verstößt oder gar der ganzen Menschheit, einzelnen Personen oder Lebewesen direkt oder absehbar indirekt schadet – erfüllen wird, zumindest dann, wenn es sich dabei auch um einen machbaren Wunsch handelt.

Christian Brode wusste nichts von dieser Möglichkeit, als er an einem Sonntagabend, um genau zu sein, am 29.12.1963, in Essen im Behelfsgebäude des ehemals Kruppschen Krankenhauses, das nach der Zerstörung im zweiten Weltkrieg nur eine minimale Hilfestellung leisten konnte, deren wenige Mitarbeiter aber dafür in ihren besonders achtsam geschnürten weißen Kitteln und Schürzen und in ihrer besonderen Aufmerksamkeit, mit der sie technische Unzulänglichkeiten wettzumachen versuchten, das Licht der Welt erblickte. Maria Brode, eine freundliche Endzwanzigerin mit gelockten blonden Haaren, die Ihr zugegeben kurz vor der Geburt schweißnass in den Schultern hingen und deren freundliche Augen tränennass und verkniffen wirkten, obwohl sie sonst eher die sprichwörtlichen Kuhaugen ihr eigen nannte, war froh, als sie unter gezielter Mitwirkung der Schwestern und eines Arztes schließlich ihren ersten Sohn in den Arm gelegt bekam. Im Gegensatz zu ihrer berühmten Namensvetterin vor knapp 2000 Jahren hatte sie zwei Versuche mehr benötigt, um einen strammen Jungen zu gebären, da weder die nettesten Ärzte noch die noch so streng nach Septex riechenden Schwestern im Jahr zuvor dem eigentlich bereits dem Leben schon so nahen Bündel Mensch die letzten Wochen hatten erleben lassen können. Umso froher waren nun Mutter und Sohn, Arzt und Schwester.

Oscar Brode befand sich um die Zeit, in der seine Frau im Krankenhaus seinen Stammhalter unter Aufwendung der letzten Kräfte und unter Zerstörung der Frisur aus ihrem Körper presste, noch im Betrieb. Er musste noch eine gute Stunde an der Schleifmaschine im Opel-Werk Bochum seinen Mann stehen. Ein Kind war auch in den 50er Jahren bereits eine teure Angelegenheit, aber Arbeit war noch reichlich vorhanden und Überstunden, insbesondere am eigentlich arbeitsfreien Sonntag, wurden besonders gut bezahlt. Und Opel bezahlte gut, besonders an der Werkbank, denn dort waren gut ausgebildete Fachkräfte eine absolute Notwendigkeit. Und Oscar Brode war als Alleskönner bekannt und beliebt. An der Drehbank sorgte er für die letzten Rundungen der tragenden Karosserieteile oder behob auch mal den ein oder anderen Produktionsfehler, um die teuren Edelstahlteile wieder rundlaufen zu lassen. Oder er gab den teuren Armaturen im Schliff den letzten Glanz, den sogar die Hand des zukünftigen (???? Commodore? Opel ???-Fahrers) würde erfühlen können. An diesem Tag machte er sich jedenfalls erst gute zwei Stunden, nachdem sein Sohn geboren war, auf den Weg nach Hause, um sich dort den Blaumann abzustreifen, Gesicht, Hände und Oberkörper zu waschen, bevor er dann erneut vor die Tür trat, einmal tief durchatmete, um dann die Busfahrt nach Rüttenscheid anzutreten. So war er erst kurz vor Ende der Besuchszeit im Krankenhaus angekommen, aber natürlich wurde ihm der Zutritt zu seinem Sohn gewährt. Ein Blick durch die etwas milchige Glasscheibe musste allerdings reichen. Eine Schwester zeigte ihm seinen Sohn nah genug an der Scheibe, so dass er ihn würde wiedererkennen können, wenn er übermorgen nach der Arbeit Frau und Kind nach Hause holen würde.

Maria schaffte es noch, ihn einmal kräftig zu drücken und in wenigen Sätzen von der Geburt zu berichten, bevor sie sich dann tatsächlich erholen musste, denn schließlich hatte sie sich nur für diesen Augenblick noch wachgehalten und auch geschafft, sich im Bett etwas frisch zu machen und die Haare zu bürsten, obwohl ihr nur danach war, sich auszuruhen und zu schlafen. Oscar ließ es geschehen und schaute ihr noch zu, wie sie langsam in einen tiefen Schlaf glitt und ihre Brüste sich bald in einer beruhigend seeligen Gleichsamkeit hoben und senkten. Alles war gut.

Oscar traf sich also mit seinem Bruder und zwei Kumpels in der naheliegenden Kneipe und besoff sich mit ihnen erst einmal so richtig.

ᴦ ᴦ ᴦ

Das Universum hatte an diesem Winterabend 1963 bereits zugesehen, oder, um es genauer zu sagen, es hatte den Augenblick nicht verpasst und einen kurzen, aber scharfen Blick durch den bewölkten Himmel über Essen, dem leichten Nieselregen, der seit einigen Tagen anstelle des erhofften Schnees die schon matschigen Wege und Wiesen noch schwergängiger machte, in den Kreißsaal des Kruppschen Notbehelfs geworfen und sich innerhalb eines Sekundenbruchteils gemerkt, dass es hier möglicherweise in den nächsten Jahren einen Wunsch zu erfüllen geben würde.

Christian interessierte das am Montagmorgen noch nicht. Er interessierte sich mehr für die nun nicht mehr gleichbleibend wogenden Brüste und genoss zugleich die sorgenfreie Bemutterung durch seine blonde Erzeugerin, wie auch durch mehrere weiß gewandeten Schwestern.

Auch Oscar hatte am Montagmorgen noch keinen besonderen Bezug zum Universum. Seine Schicht begann erst am späten Nachmittag und die Zeit vorher war auch mehr als notwendig, um Kraft hierfür zu sammeln, Kraft, die in der letzten Nacht durch dunkles Bier und hellen Korn den bis dahin viel zu angespannten Körper verlassen hatte und nun dringend wieder zuerst den Schmerzen in Kopf und Bauch besiegen mussten, um anschließend noch genug Rücklagen zu bilden für Drehen, Fräsen und Schleifen.

ᘜ ᘜ ᘜ

Bereits zwei Tage später, es war ein ziemlich kalter Mittwoch, der endlich dem Himmel gestattet hatte, seine Wolkenlast in Form besonders feiner und zahlreicher Flocken zu entlassen, begann das Familienleben der erweiterten Familie Brode in der kleinen Zweizimmerwohnung zwischen Westpark und A40, einer Wohngegend, die durch eine Aneinanderreihung dreistöckiger Gebäude mit zahlreichen Sackgassen gekennzeichnet war und in denen sich die Nachbarn nicht nur besonders gut kannten, sondern auch beobachteten, denn die Straßen — meist Einbahnstraßen oder, wie bereits beschrieben, Sackgassen — waren schmal, schmaler als man in einer Stadt, wie Essen, annehmen durfte, und so war die Ankunft des neuen Familienmitglieds auch gleich eine Ankunft unter Freunden und Beobachtern, eine erfreuliche Ankunft, denn in der Nachkriegszeit wurde jeder neue Erdenbürger noch gefeiert und wer konnte, hatte sich auf die Ankunft vorbereitet, ein Spielzeug oder ein Stofftier bereit gehalten, eine Flasche Wein oder Sekt zur Hand und nutzte die Chance, den kleinen, neuen Ankömmling zu begrüßen und Mutter und Vater zu drücken, Glück zu wünschen und damit ein Teil des Ereignisses zu werden.

Maria genoss diese anfängliche Aufmerksamkeit genauso, wie die darauffolgende Zweisamkeit mit ihrem Sohn in den nächsten 6 Wochen, in der es ihr möglich war, bei vollem Lohn zuhause zu bleiben, vor der Geburt, um das Kind nicht zu gefährden und vielleicht das ein oder andere im Heim noch heimeliger zu gestalten, nach der Geburt, um sich nicht nur von dieser zu erholen, sondern vor allem natürlich die Beziehung zum Sohn erfolgreich herzustellen. 1963 bedeutet ein Sohn in den ersten Tagen und Wochen nicht weniger Stress und Arbeit, als heute auch, aber einerseits befanden wir uns noch soeben grade in der abklingenden Weihnachtszeit und Sylvester stand mit einem neuen Jahr und einer neuen Hoffnung vor der Tür und andererseits hatte sich die Rolle der Frau seit den Kriegsjahren zwar zugunsten der Rechte und Pflichten und zu Ungunsten der Menge der Arbeit verschoben, jedoch war ein schreiendes Kind nicht nur ein enervierendes Hindernis auf dem Weg zur Selbsterfüllung, sondern vielmehr ein Bündel eigenes Blut und hoffentlich eigenen Geistes, das es zu umsorgen galt. Und für das nahm man gerne das ein oder andere Übel in Kauf, um die eigene Familie zu schützen und Heim und Herd zu dem Platz zu machen, an den alle zusammen sich zurückziehen und in beschützter Gemeinsamkeit die schmale Freizeit genießen konnten.

Sylvester 1963 war für die neue, vergrößerte Familie Brode der erste Jahreswechsel zu Dritt. Ein Jahreswechsel, der mit einer schönen Flasche Sekt begann und nur eine Stunde später schon zu einer großen Party im Kreise der stark erweiterten Familie fortgesetzt wurde, denn natürlich wollte jeder Verwandte das neue Familienmitglied begrüßen und hatten es kaum geschafft, sich die bisherigen zwei Tage entsprechend zurückzuhalten, um der Tochter, dem Schwiegersohn oder dem Schwager oder Schwägerin die Zeit zu geben, sich in die neue Situation einzupassen.

Nun war diese Zeit der Eingewöhnung Geschichte. Sylvester 1963 wurde nicht nur ein Wendepunkt der Familiengeschichte Brode, sondern zu Beginn bereits ein brausender Aufbruch in eine neue Zeit. Und zu diesem hatte auch Oscar seinen Teil beizutragen, denn nach dem zweiten Glas Sekt, während Maria bereits drängelte, man müsse nun langsam los, sonst käme man zuletzt bei Mutter und Vater, jetzt

Oma und Opa mütterlicherseits, an und würde noch den Bus verpassen, besaß er noch immer ein ausgesprochenes Sitzfleisch, die Ungeduld seiner Frau schamlos aussitzend, um es dann letztlich doch nicht mehr auszuhalten und seiner immer zappeliger werdenden Frau einen Mantel überzuwerfen und mit ihr aus dem Erdgeschoß der Wohnung die 5 Stufen auf die Straße hinunterzugehen. Mit einem Grinsen im Gesicht schlug er dann den Weg nach rechts ein und nach 12 Metern auf dem Bürgersteig, der schon wieder mit leisen, wenigen Flocken leicht bedeckt war, hielt er an und sah Maria stolz an. Maria brauchte ein paar Sekunden, bevor sie den Blick schweifen ließ und sie brauchte weitere Sekunden, bevor Ihr Kopf plötzlich an einer bestimmten Stelle verweilte und sie brauchte nochmal ein paar Sekunden, um den Blick wieder auf ihren Mann zu richten und zu einer Frage anzusetzen, die Oscar allerdings mit einer kleinen Handbewegung unterband, indem er aus seiner rechten Hosentasche einen kleinen Schlüssel herauszog und ihn erst langsam vor Marias Augen hin- und herschwenkte, um dann einen kleinen Schritt beiseite zu treten und so den Blick auf einen himmelblauen Opel Rekord P1 freizumachen. Es war nicht mehr das neueste Modell, nicht mehr ganz neu, aber frisch gewaschen und nun im Besitz der neuen Familie Brode und damit eine Möglichkeit, noch ein weiteres Glas Sekt zu trinken, bevor man ganz gemütlich die vielleicht vier Kilometer zum Haus der Eltern mit dem neuen Wagen zurücklegte.

ᘛᘛᘛ

Die Ankunft in der Giradetstraße in Rüttenscheid gestaltete sich zum großen Ereignis, wobei sich die Aufmerksamkeiten allerdings verteilten, denn Oscar konnte es nicht lassen, direkt vor dem Haus der Schwiegereltern zu parken und anstatt stolz seinen Erstgeborenen in den Armen seiner Frau zu präsentieren, stattdessen lange und anhaltend die Hupe des Rekord zu drücken, bis irgendwann die Haustür aufsprang und als erstes Schwager Willi seine Nase herausstreckte. Es folgte Schwager Alfons. Und tatsächlich verteilte sich die erste Aufmerksamkeit nun auf zwei Schwerpunkte. Während es sich Oscar nicht nehmen ließ, zuerst die technischen Daten seiner motorisierten Errungenschaft vorzutragen und bewundern zu lassen, waren Marias Schwestern Christa und Erika, bald gefolgt vom angehenden Schwager Alfred nach draußen gefolgt und nun verteilte sich der weibliche Teil der Verwandtschaft auf die Bewunderung des prächtigen Sohnes auf Marias Arm. Diese Zeit nutzten die Männer, um sich erst einmal vom Zustand des Wagens zu überzeugen, bevor sie sich dann auch dem Baby zuwandten, um auszudrücken, dass der aber auch gut gelungen sei.

Maria war einerseits etwas betrübt, dass sich ein Teil der Verwandtschaft nun erst um den neuen Wagen kümmerte, andererseits war sie auch stolz darauf, dass sie nun zeigen konnten, dass die Geburt ihres Stammhalters nicht dafür sorgen würde, dass sie verarmen, denn schließlich konnten sie sich neben dem Kind auch einen neuen Wagen leisten, anstatt mit dem Bus zur jährlichen Silvesterfeier zu fahren. So war die Ankunft letztlich außerordentlich erfreulich und es ging in einem großen Tross, begleitet von allen Verwandten, die den Weg zu Auto und Kind gefunden hatten, hinein in die Wohnung der Eltern.

Oma Henriette und Opa Alfred, die bisher in Küche und Wohnzimmer mit verschiedenen Aufgaben zur Vollendung der Party beschäftigt waren, unterbrachen diese sofort und Christian erhielt nun die ihm gebührende, vollständige Aufmerksamkeit.

Und das Universum hatte sich längst anderen Themen zugewandt, die nicht minder wichtig waren, ohne jedoch zu vergessen, dass es hier demnächst wohl einen Wunsch zu erfüllen geben würde.

ϒ ϒ ϒ

Der 24. Dezember 1978 war wieder ein Sonntag und das Universum tatsächlich sehr beschäftigt. Christian war derweil damit beschäftigt, sein Weihnachtsgeschenk auszupacken, denn er war nach alter Tradition zuerst an der Reihe. Seine Schwester Heike musste sich noch ein paar Minuten gedulden, während er im Wohnzimmer der elterlichen Wohnung in Bielefeld zwischen Weihnachtstellern und berieselt von dem Bielefelder Kinderchor, der von der Schallplatte „Ihr Kinderlein kommet" den Raum erfüllte, sein diesmal besonders großes Paket auspackte.

Das Geschenk war tatsächlich ein Knaller, aber vielleicht sollten wir zuvor ein Wort über das neue Heim der gewachsenen Familie Brode verlieren, die vor 15 Jahren noch 150 Kilometer entfernt in einer kleinen Wohnung in Essen-Rüttenscheid wohnte und nun ziemlich nahe der Stadtmitte von Bielefeld in einer deutlich größeren 4-Zimmer-Küche-Bad-Wohnung mit zwei Balkonen im Erdgeschoß der Stapenhorststraße lebte.

Mitte der 1960er Jahre hatte das Familienoberhaupt über unseren Onkel Alfons, den Mann der ältesten Schwester von Maria und zudem im Beamtenstatus bei der Justizbehörde Essen sein Brot verdienend, die Möglichkeit bekommen, eine Stelle in der Justizvollzugsanstalt Essen zu bekommen, zuerst, aufgrund der vielseitigen handwerklichen Erfahrungen in der Anstaltswerkstatt, nur wenig später dann schon im Aufsichtsdienst der Gefängnisverwaltung. Diese 10 Jahre werden uns später noch beschäftigen, führten jedoch erstens dazu, dass man als Beamter jederzeit auch an andere Orte versetzt werden konnte, was zu einem Wechsel der Arbeitsstelle in die Justizvollzugsanstalt Ummeln bei Bielefeld führte und damit in eine für Beamte reservierte Wohnung in der Nähe, wenngleich auch nicht sofort nach Bielefeld, und zweitens zu einem Flug von Oscar Brede im Rahmen seiner Tätigkeiten als Gefangenenbegleitung zum Staatsgefängnis Saint

Quentin bei San Francisco. Und ebenda erhielt er die Möglichkeit, seinem Erstgeborenen, der mit 15 Jahren viel Interesse an Technik und Mathematik zeigte, etwas mitzubringen, das damals ganz in der Nähe entwickelt wurde und dass ein Gefangener ihm zu einem Preis, für dessen Rabattierung man sich eigentlich schämen musste, verkaufte.

Zurück zum Weihnachtssonntag 1978, der in Bielefeld noch nicht viel von den noch bevorstehenden Winterstürmen und Schneekatastrophen der nächsten Tage erahnen ließ. Stattdessen war Christian im heimeligen Wohnzimmer noch immer damit beschäftigt, sein Paket auszupacken, während es sich Vater, Mutter und Schwester schon um den schweren Wohnzimmertisch unter dem Hirschgeweihleuchter gemütlich gemacht hatten, vor sich die Weihnachtsteller mit Keksen, Schokoherzen, Rumkugeln, Eierlikörschokolade, Wal- und Paranüssen, dem Schokoladenweihnachtsmann und der obligatorischen Orange, die meist bis ganz zuletzt auf dem Teller blieb oder zumindest solange, bis Maria sich ein Herz nahm, sie schälte, die weißen Fäden im Inneren fein säuberlich entfernte, um sie dann gnadenlos nach und nach in die sich widerstrebenden Münder der restlichen Familie zu schieben.

Endlich war das Paket geöffnet und Christian besaß seinen ersten Computer. Einen Apple hatte man seinem Vater in Saint Quentin zu einem unverschämt günstigen Preis angeboten und Christian musste sich sehr zurückhalten, um abzuwarten, bis auch seine Schwester ihr Geschenk geöffnet hatte, bis danach das Weihnachtsessen, bestehend aus einem fetten Kaninchen vom Bauern, Spargel, Salzkartoffeln und Rosenkohl, zuerst aufgedeckt und dann in einer wahren Essensschlacht vernichtet wurde und schließlich, nachdem sich seine Mutter für eine Zeit in die Küche zurückgezogen hatte, um den Abwasch zu erledigen, auch er die Erlaubnis erhielt, sich in sein Zimmer zurückziehen und den neuen Computer endlich auszuprobieren.

Erst ein paar Jahre später erfuhr Christian, was er da eigentlich genau geschenkt bekommen hatte und bis dahin gehörte er schon zu einer kleinen, aber feinen Elite von Technikfreaks, die mit diesem Gerät sogar den Physikunterricht an seinem Gymnasium beeinflussten.

Die Weihnachtstage 1978 sollten aber nicht nur durch dies ganz besondere Geschenk auffallen und Familie Brode in Erinnerung bleiben, sondern auch durch weitere – sagen wir, ohne zu früh eine Bewertung der Ereignisse vornehmen zu wollen, Auffälligkeiten, vielleicht eher Merkwürdigkeiten. So hatte sich für den ersten Weihnachtstag Marias Lieblingsschwester aus Essen samt Familie angesagt und als sie mittags in ihrem Opel Kadett vor der Tür auftauchten, waren sie nicht zu viert, wie erwartet, sondern hatten eine weitere entfernte Tante im Schlepptau, die alle gerne mochten, die allerdings immer schon etwas geheimnisvoll war, in einer Art kleinem Schloss in der Nähe des Baldeneysees wohnte und schon seit sicher 10 Jahren ausschaute, als hätte sie die 100 Jahre längst erreicht. Natürlich konnte dies nicht sein und allgemein war die Verwandtschaft sich einig, dass Tante Auguste, oder Gustl, wie sie allgemein genannt wurde, nicht älter als 65 sein konnte, aber der Ruf einer geheimnisvollen Hexe (oder Fee, man wusste es nicht) hing ihr nun einmal an und war nicht wegzurealisieren.

Das für acht Personen vorbereitete Weihnachtsessen reichte auch problemlos für neun (und hätte auch für zwei, drei weitere Gäste gelangt) und so ergab sich erneut eine heftige Völlerei, diesmal allerdings durch all die Dinge verlängert, die man sich nun unbedingt gleich in den ersten zwei Stunden unbedingt erzählen musste, denn lange Telefonate waren damals noch teuer und so war es die beste Gelegenheit, sich zu besuchen und dann all das nachzuholen, was man im letzten Brief nicht geschrieben hatte.

So endete der 1. Weihnachtsfeiertag Montagabends also damit, dass sich die anwesenden Kinder, neben Christian und seiner Schwester waren das noch Andreas und Martin, Cousins und Söhne von Marias Lieblingsschwester Christa, in die Kinderzimmer zurückzogen und dort noch ein wenig spielten, während im Wohnzimmer aus dem fettigen Weihnachtsessen ein prozenthaltiges Gelage wurde, das auch nicht mehr wirklich daran interessiert war, ob die Kinder nun schon friedlich schliefen oder noch die unbeobachtete Zeit nutzten, um ihr eigenes, wenn auch alkoholfreies, Gelage abzuhalten.

Irgendwann jedoch verebbte auch das Gelächter im Wohnzimmer und die Stimme von Christians Vater, die nahezu drei Stunden lang immer wieder aus dem Stimmengewirr durch eine wohlbekannte Laustärke aus allen Diskussionen herausstach, war nicht mehr zu hören. So endete auch das Kindergelage schnell und heimlich und Christian fand sich allein in seinem Zimmer und kuschelte sich in sein Bett, dass er mit wenigen Handgriffen aus der Couch, in denen sich eben noch alle gelümmelt hatten, umgebaut hatte. Er lag bereits im Halbschlaf, als ein kleiner Lichtstrahl seinen Weg vom Flur ins Zimmer fand, größer wurde und ihn dann weckte, bevor die Tür wieder leise verschlossen wurde und Tante Gustl sich neben sein Bett auf den Boden setzte. Tante Gustel schaute fast eine Minute in das Gesicht ihres noch so jungen Verwandten, der erst nach und nach realisierte, dass er nicht mehr allein war und dem es dennoch nicht gelang, richtig wach zu werden, um zu fragen, warum seine „Tante" nun sich neben ihm auf den Boden gesetzt hatte. Und als er versucht, diese Frage zu stellen, kam sie ihm dennoch nicht über die Lippen. Es war nicht eindeutig, ob er vielleicht einfach doch noch im Halbschlaf war, vielleicht sogar nur träumte, oder ob das leise „Psss" der Tante ihn dazu bewegte, seine Frage nicht zu stellen. Aber als sich seine Fee (er hatte sich längst darauf festgelegt, dass sie eine Fee und keine Hexe sei) dann noch ein wenig näher an sein Bett und leise zu sprechen begann, hörte er ihre Worte eindringlich und absolut klar, fast, als würden sie auch seinen eigenen Geist heraus wachsen und sich in seine Ohren bewegen: „Liebchen (Tante Gustl nannte ihn selten beim Namen und er mochte es, dass sie diesen altertümlichen Begriff immer wieder benutzte, wenn sie ihn ansprach), Liebchen, schlaf ruhig weiter. Du wirst mich auch so verstehen. Und was du heute nicht verstehst, wirst du dennoch bald bereits begreifen. Lass es geschehen und glaube mir: Ich habe so viele Jahre nun dieses Leben gelebt und ich habe Dinge gesehen und Menschen kennengelernt, die wiederum Unglaublichkeiten erlebt haben, dass ich schon lange nicht mehr nur meinen wenigen Sinnen vertraue. Es gibt weit mehr, als du heute noch sehen, hören, fühlen kannst. Du wirst das später noch bemerken, denn ich spüre, dass Du hierzu die Fähigkeiten besitzt. Lass es geschehen. Vertraue immer all deinen Sinnen, höre in dein Herz und beobachte dich und die Welt genau. Schränke dich nicht ein, begrenze dich nicht auf das, was normale Menschen von dir erwarten. Behalte einen offenen Geist und denke immer an eins: Du bist ein Sonntagskind des Universums. Merk dir das: Du bist ein Sonntagskind des Universums. Irgendwann wirst Du verstehen, was das bedeutet. Wir sehen uns wieder und ich werde dir dann helfen, zu verstehen. Jetzt schlaf und träume einen schönen Traum, vom Universum, von all dem Glück, das dich noch erwarten wird. Gute Nacht, Liebchen."

Christian merkte nicht mehr, wie sich die Tür erneut öffnete und Tante Gustl dahinter verschwand. Er wusste auch noch nicht, dass er sich zu einem viel späteren Zeitpunkt erst tatsächlich an diese nächtlichen Wünsche seiner Tante erinnern würde. Er war eingeschlafen. Aber das Universum hatte den Hinweis verstanden. Und notiert.

(...bitte fortschreiben und selbst veröffentlichen...)

Der letzte Mann

Es war kurz vor 18 Uhr, als Wilhelm die Bank betrat. Die Kassiererin in Ihrem Glaskasten begrüßte ihn freundlich: "Herr Brede, heute noch so spät unterwegs? Wie viel soll es denn heute sein?" Der angesprochene ältere Herr rückte kurz seine dunkelblaue Krawatte zurecht und stellte den schwarzen, schweren Gehstock an die Wand unterhalb der Kasse. Er lächelte die junge Frau hinter der schweren Glasscheibe an: „Bitte geben Sie mir 5.000,- Euro. Ruhig große Scheine."

Wilhelm, den viele seiner Bekannten nur Willi riefen, konnte nicht umhin, seine Augen auf der jungen Blondine verweilen zu lassen, während sie ihm sein Geld vorzählte. Sie zitterte ein wenig dabei und

ihre Wangen schienen ihm ein bisschen rot. Aber das kannte Wilhelm.

Viele junge Frauen schienen in seinem einnehmenden Wesen mehr zu lesen, als er eigentlich ausstrahlen wollte.

5.000,- Euro lagen nun auf dem Tresen und Wilhelm zog seine Brieftasche aus der Innentasche seiner dunkelblauen Anzugsjacke, um die Scheine darin abzulegen. „Keiner rührt sich! Das ist ein Überfall! Wenn alle tun, was wir sagen, passiert niemandem etwas!" Wilhelm drehte sich langsam um und trat einen Schritt zur Seite. Zwei maskierte Männer hatten die Bank betreten und standen noch direkt vor der Eingangstür.

Es waren nicht mehr viele Personen in der Bank. Neben der Kassiererin sah Wilhelm noch den Geschäftsstellenleiter, der grade von seinem Schreibtisch aufgestanden war und reflexartig die Hände erhoben hatte. Zwei Angestellte standen noch mit zwei Kunden beschäftigt am Bedientresen. Alle vier hatten sich, wie Wilhelm, der Stimme an der Tür zugewendet.

„Dann erschieß mich doch, Du kleines Arschloch!" Der maskierte Mann schien kurz verwirrt, drückte dann aber entschlossen den Abzug, fast im gleichen Moment, als sich Wilhelm Brede fallen ließ und seinen schwarzen, schweren Krückstock Richtung Maske schleuderte.

Der Schuss löste sich und es wurde dunkel um Wilhelm, noch bevor sein Kopf krachend den Boden berührte.

(…und schon können Sie diese Erzählung gerne mit meiner Erlaubnis fortschreiben und selbst veröffentlichen…)

Zwillingsdiktatoren

Jens und Markus Brede wurden Ende 1999 geboren. Kinder des 20. Jahrhunderts, Diktatoren des 21. Jahrhunderts. Und Legenden der Menschheit des 3. Jahrtausends.

Viele Legenden ranken sich um die zahlreichen Stationen ihres gemeinsamen Schaffens, kaum jemand aber kennt die Details und noch weniger wissen, dass die Gemeinsamkeiten nicht wirklich die Besonderheiten ihres Lebens kennzeichneten, sondern vielmehr die Unterschiede.

Ich weiß es. Und ich erzähle es Ihnen nun.

Nicht nur aus meinen eigenen Erinnerungen, sondern vor allem aus Auszügen aus den Tagebüchern der Legenden. Tagebücher, die bisher nie veröffentlicht wurden, ja, Tagebücher, die bisher niemals jemand anders gesehen hat als ich. Ich rede von den echten Tagebüchern. Den internen.

Seien Sie gespannt. Und lassen Sie sich überraschen.

29.06.2000 – aus dem Tagebuch von Christian Brede

(ein noch kürzerer Beginn einer unvollendeten Geschichte ist kaum noch möglich. Machen Sie etwas draus! Die Idee war es halt, ein Tagebuch als Buch zu veröffentlichen.)

Zwischen Scirocco und Golf

Zwischen Kult und Medienkultur

1) Motivation anstelle eines Vorworts

Letztens bekam ich das Buch „Generation Golf" geschenkt. Darin behauptet der Autor, für eine Generation zu sprechen, die zwischen 19XX und 19XX geboren wurde. Ich habe es gelesen. Als Jahrgang 1963.

Zuerst fiel mir auf, dass ich gottseidank nicht Rüdiger heiße. Aber ich hatte den „Aktenkoffer mit Zahlenschloss". Ich las auch schon in der Schule P.M., Peter Moosleitners interessantes Magazin. Das machte mich stutzig. Geht's in dem Buch gegen mich? Ich hatte das eh vermutet und mir das Buch deshalb nie selbst gekauft. Aber es wurde noch schlimmer. Irgendwo zwischen Seite 30 und 40 erzählt der gute Mann von einer Frau, die er mal mitgenommen hat in seinem neuen Golf. Die hat er dann samt Golf vor einen Baum gesetzt. Und sich nachher beschwert über die für ihn eigentlich zu alte „Tussi", die wahrscheinlich einen Aufkleber „Abi 84" hatte.

Hat mir nicht gefallen. Ich bin Abi-Jahrgang 84. Eigentlich 83, aber eine Ehrenrunde hat mir natürlich nicht geschadet...

Es kamen dann noch einige komische Dinge im Buch vor, mit denen ich mich nicht identifizieren konnte. Da geht's zum Beispiel kurz um den Zauberwürfel. Ein Geschicklichkeitsspiel, das deutlich vor der Golf-Generation von uns Veteranen der ersten Zauberwürfel-Generation gelöst wurde. Wie kommen diese jungen Schnösel eigentlich dazu, sich den Magic Cube anzueignen? Bestenfalls haben sie nach unseren diffizilen Anleitungen das Ding gelöst. Bei uns gab es die Gruppe der „Formellöser" und die der „Bilderlöser".

Die einen lösten den Würfel eben anhand von Pfeilen, die anderen anhand von mathematischen Formeln. Das waren die „echt Intellektuellen". V hoch −1 hieß zum Beispiel „vordere Seite linksrum", während „R Quadrat" zwei Vierteldrehungen der rechten Seite rechtsherum bedeutete. Es gab dann noch die Gruppe derjenigen, die gar nix mit dem Würfel anzufangen wussten. Meistens die „Kleinen", die später mal Golf fahren würden...

Die Generation Golf hatte doch nur die Rubiks Clock und das komisch verdrahtete Ding, das man 30mal drehte und dann die Drähte so ineinander verwickelt hatte, dass man sich von seinen Eltern ein Neues schenken lassen musste...oder einen richtigen Würfel, mit Anleitung natürlich.

Und dann der Hammer irgendwo um die Seite 100. Erst geht's um Baywatch. Für mich eine klare 80er-Jahre-Serie, also zu einer Zeit, als ich eigentlich schon fast erwachsen war. Der gute Autor (das Kind) meint nun, dass es dann auch endlich irgendwann eine deutsche Serie gab, die ähnliches auf den Bildschirm brachte. „Gegen den Wind.". Er bemängelt dann, dass diese in Sankt Peter Ording gedreht wurde. „Ein Ort, der sich ähnlich langweilig anhört, wie Bad Lippspringe."

Ich wohne bei Paderborn, In Bad Lippspringe.

Das war das Ende meines Ausfluges in die Generation Golf. Ich habe meiner Frau das Buch in die Hand gedrückt. Jahrgang 1971. Sie mag Inline-Skates, hatte den Rubiks Draht und liebt solche Serien, wie „Gegen den Wind" oder „Schwester Stephanie".

Seitdem liegt das Buch am Klo und wird nicht mehr gelesen. Naja, außer, wir haben jüngeren Besuch. Ich lese stattdessen wieder Kishon und PM. Und ich habe angefangen, dieses Buch zu schreiben. Viel Spaß dabei.

2) Überblick

Worum geht's also nun in diesem Buch, wenn ich schon gar nix mit der Generation Golf anfangen kann?

Wenn ich eins von dieser Generation gelernt habe, dann, dass man solch ein Buch am Besten mit einfachen Schlagworten anfangen sollte. Also, es geht um folgende Dinge (die Reihenfolge ist übrigens willkürlich und unvollständig):

- Bravo
- den Polo
- den Scirocco (den Kleinen)
- Bonanza, Jeannie, Barbapapa, Sandmännchen, Die Zwei, Immer wenn er Pillen nahm, KungFu, StarTrek, Catweazle, kurz: als die ganzen Serien von heute noch auf drei Programmen liefen

- Mal Sondocks Hitparade im WDR
- Die Schlagerrally und Status Quo
- Boney M, Abba, BCR, Smokie, Baccarra, Donna Summer und Village People
- Fußball mit Lego, als es noch kein Playmobil gab oder es zu teuer war
- Sommerferien-Jobs, die Geld einbrachten
- Die sensationelle Bundesliga-Konferenz 1978/1979 (Gladbach gegen Köln im Fernduell)
- Thor, Die Fantastischen Vier, Silver Surfer, Hulk, Superman, MXZPTKL, MAD, Wastl, Zack, Die Spinne, Asterix – und das alles in Heftform
- Lateinstunden und Reclam-Hefte
- Schultaschen, die nicht Scout hießen
- Das Verpassen der 68er-Generation
- Zigaretten für 1 DM
- Kicker, Tip-Kick (noch weit vor der Rechtschreibreform), Dampfmaschine und Carrera-Bahn
- Tanzschule, Saturday Night Fever, Grease, die getrennten Beatles
- Die Bundeswehr, als man noch 15 Monate "dienen" musste
- Knutsch-Feten im Keller mit Pink Floyd und Rod Stewards „Sailing"
- Das Ende der Gesamtschulmathematik (Mengenlehre)
- Baden am Samstagabend kurz vor der großen Show (Wetten, dass – Am Laufenden Band - EWG)
- Cassetten, Singles und LPs
- Plattenspieler mit Deckel, in denen die Boxen integriert waren
- Bonanza- und Klappräder
- Raider, Leckerschmecker, Die 3 Musketiere und Ed von Schleck
- Die Zeit, als Helmut Kohl noch nicht Kanzler war und die deutsche Wiedervereinigung nur ein hehres Ziel
- Die Gründungszeit der Grünen und Aufkleber, wie „Atomkraft, nein danke" oder „Steinzeit, ja bitte"

- Die wahrscheinlich letzte „Erste Klasse", in der noch auf Tafeln mit Kreide geschrieben wurde, und zwar die Hausaufgaben!
- Ketcarfahren
- Das Ohnsorgtheater und die Zeit, als Willy Millowitsch und Heidi Kabel noch voll „in" waren.
- Schlaghosen, weiße Jeans und Oberhemden, bei denen man auf die ersten 4 Knöpfe auch hätte verzichten können
- Dazu passende Goldkettchen oder welche mit Kreuz oder Peace-Symbol
- .... (hier können Sie einige weitere Themen einfügen)

3) Eine völlig wirre Einleitung querdurch und mit dem dringenden Bedürfnis, das alles danach in eine Ordnung zu bringen

Zwar fange ich jetzt einfach mal an, habe aber bisher nicht die geringste Ahnung, wie dieses Buch enden wird. Was will ich eigentlich? Werde ich überhaupt einen signifikanten Unterschied zwischen meiner Generation und der „Generation Golf" finden? Gibt es überhaupt „meine Generation"? Bin ich vielleicht der einzige Mensch, der grade 50 geworden ist und sich nicht mit Miami Vice, Ikea und H&M wirklich identifizieren kann?

Egal. Wir werden sehen. Nur, wo fange ich an? Prägende Erlebnisse meiner Kindheit. Ja, das sollte ein guter Anfang sein.

Da fällt mir gleich ein, dass ich die Fußball-WM 74 nur so halb mitbekommen habe. Ich weiß, dass ich mit meinem Vater alle Spiele gesehen habe, aber hätte ich nicht zwischenzeitlich die Videos von der WM wüsste ich wahrscheinlich nur noch, dass wir gegen Holland gewonnen haben, dass es ein peinliches 0:1 gegen die DDR gab, dass „dickes Müllerchen" ein Tor geschossen hat, wie nur er das konnte (Ball schon weg, kurz gedreht, nach hinten, Ball rum und rein) und es ein Wasserspiel gegen Polen gab (oder war das bei der EM vorher?).

Diese WM war wahrscheinlich auch der Grund dafür, dass wir alle, die dann 1990 vor dem Fernseher saßen, damals knackige 27 Jahre alt, als fast gestandene Männer fast ausgerastet sind, als wir erneut den Titel geholt haben. Mal ehrlich: Das gabs vorher noch nie: Überall waren die Straßen dicht. Fahnen, hupende Autos und schwer angetrunkene Männergenossenschaften, die es eigentlich hätten besser wissen sollen.

Wahrscheinlich haben wir uns damals einfach den Frust von der Seele gehupt, dass wir 74 nicht so miterleben konnten, wie wir wollten, oder? Und 16 Jahre Warten ist schon ne Menge Zeit, um einen Fruststau aufzubauen. Hat es sich gelohnt? Natürlich. Naja, als 60er oder 61er-Jahrgang wärs natürlich 74 geiler gewesen...

In die gleiche Zeit fielen auch die anderen Sporthighlights, die heute auf Video nicht mehr halb so geil sind, wie in der Erinnerung: Wenn man im Grundschulalter mitten in der Nacht nicht nur aufstehen darf, sondern von Mama und Papa sogar geweckt wird, hieß das entweder, dass es in den Urlaub nach Österreich geht oder dass Cassius Clay wieder jemandem kräftig einen auf die Mütze gibt.

Meine Mutter guckte immer nur, weil sie endlich wollte, dass dem Großmaul mal jemand richtig zeigt, wo der Hammer hängt. Ich war mit Papa da natürlich ganz anderer Meinung. Das Wohnzimmer sah aus, wie am Samstagabend, kurz vor EWG oder „Am laufenden Band", aber alles etwas „konspirativer". Neben Chips, Erdnüssen und den (nur zu besonderen Anlässen verteilten) 9er-Überraschungsschokoladestücken von Aldi (warum gibt's die eigentlich heute nicht mehr?) gab es Kerzenlicht statt der Echt-Geweih-Wohnzimmer-Deckenlampe. Und alle saßen wir da im Schlafanzug. Mama verteilte Decken für meine Schwester und mich. Und manchmal Schnittchen. Und Cassius tanzte wie ein Schmetterling und stach wie eine Biene.

Und manchmal wurde es schon hell, wenn wir noch mal für ne Stunde ins Bett gingen.

Einer der letzten Kämpfe (da hieß er schon lange Muhammed Ali) war sogar mal am Nachmittag. Wir waren im Urlaub, in Österreich und der arme Gegner war – glaube ich – sogar ein Österreicher. Der sah schließlich nur noch aus, wie eine zerquetschte Tomate. Mein Vater sah nicht viel anders aus, weil er sich während der paar Runden, die wir in einer Kneipe ansehen konnten, dermaßen viel „Zwetschenschnäpse" reingezogen hatte, dass er auf dem Rückweg zur Pension den Wagen im Schnee auch noch in den Graben gesetzt hat. Mama war nicht amüsiert, aber wir hatten unseren Spaß, Papa die restlichen 2 Kilometer in die Pension zu dirigieren.

Die Generation Golf war da schon deutlich behüteter. Ich weiß nicht, ob es in den 80ern und 90ern noch solche Nachtpartys zuhause gegeben hat. Unsere Kinder haben wir jedenfalls niemals mitten in der Nacht geweckt, um irgendein Großereignis mit Schnittchen im Fernsehen anzuschauen. Meiner Frau (Jahrgang 1971, wie ich schon einmal erwähnte, glaube ich) musste ich jedenfalls erst mal ne ganze Zeitlang erklären, dass Cassius Clay und Muhammed Ali ein und dieselbe Person waren...

„They never come back". Von wegen. Einer der ersten Sätze der Kriegsgeneration, die wir mit Cassius und Muhammed mal ganz locker und schlagkräftig widerlegen konnten. Vielleicht ein Satz, an den wir uns heute ab und an noch erinnern. Cassius hat nie aufgegeben. Dummerweise hat der Idiot dann nicht den Absprung gefunden und sich letztlich dann das ein oder andere Mal auch richtig verprügeln lassen. „Selbst schuld" würde Generation Golf wahrscheinlich sagen. Naja, da sind wir uns einig.

Allerdings haben wir dann wieder richtige Schüttelkrämpfe bekommen, als Cassius dann mit Parkinson das Olympische Feuer in den USA entzündet hat. Das war so gut, als hätte er Mike Tyson noch mal richtig einen in seine Vergewaltigungsfr... gegeben.

Sportlich in Erinnerung blieben in der Kindheit danach nur noch Kleinigkeiten. Namen ziehen da vorüber, wie Guido Kretschmer (Bronze im Zehnkampf), Rosi Mittermaier und Heide Rosenthal.

Das nächste sportliche Highlight kam dann 1978/79. Olaf (Franz Beckenbauer), Ingolf (der frühe Mario Basler), Jörg („Toni"), Britta (Andi Brehme), Tanja (?), ich (Sepp Maier) und ein paar andere spielten Fußball. Samstag. Der letzte Spieltag der Bundesliga. Köln und Gladbach gleichauf, aber Köln hat die um ca. 10 Tore bessere Tordifferenz. An beiden Toren standen die besten Radiocasettenrecorder, die wir hatten. Die Batterien hielten. Und gespannt wurde jedes Tor bejubelt. Das Non-Plus-Ultra der Bundesliga-Konferenz auf WDR 2. Nie überboten seitdem. Bestenfalls die Saison, als Schalke in letzter Sekunde nur „Meister der Herzen" wurde, kann da ein ganz klein wenig dran ran reichen.

Gladbach gewinnt jedenfalls gegen Dortmund 12:0 (oder so) und Köln leider auch 4:0 (oder so) und wird knapp Meister. Seitdem bin ich Gladbach-Fan. Vielleicht sind alle erst seit diesem Spieltag Gladbach-Fans? Jedenfalls hieß der erste „Meister der Herzen" sicherlich Gladbach. Eigentlich hat unsere Generation den Titel überhaupt erst erfunden. Und dabei gelernt, dass man auch gewinnen kann, wenn man nur Zweiter wird.

Ich war oft Zweiter danach. Zum Beispiel beim Kickern. Olaf war genial. Trotzdem habe ich diese Abende genossen, als er mich 10:0 oder 9:1 fertig gemacht hat. Was war es für ein Glücksgefühl, mal nur 4:6 zu verlieren? Eigentlich ein klarer Sieg für mich. Es gab zudem genug, die gleich gut (oder schlecht) waren, wie ich und denen ich dann meinerseits einen drüber geben konnte. Vielleicht auch etwas, was ich heutzutage noch praktiziere. Warum immer mit dem Besten anlegen, wenn man den einfach mal außen vorlässt und gegen jeden anderen gewinnt? Olaf kennt eh nicht jeder, aber alle meine Bekannten kennen mich...

Die Rolling Stones waren auch nie besser als die Beatles, aber sie gibt es jetzt schon viel länger. Letztlich haben sie irgendwie dann doch gewonnen, oder?

Den geistigen Hintergrund dazu hat mir erst viel später mein Biologie-Lehrer beigebracht. Tit for Tat. Wie Du mir, so ich Dir. Tust Du mir nix, tu ich Dir auch nix. Bökamp („ohne diesen Bart hätte ich ein echtes Arschgesicht") so der Name. Im Laufe der Evolution gewinnt nicht immer der auf Anhieb Beste. Manchmal ist es sinnvoller, einen guten Durchschnitt zu bilden und strikt zu halten. Danke, „Nicht-Arschgesicht" ... Vor allem Danke für ein eindeutiges Unterscheidungsmerkmal zur Golf-Generation.

Was hat der Sport mich also gelehrt während meiner vorpubertären und pubertären Zeit?

- Man kommt doch wieder, wenn man mal absolut unten war (manchmal)
- Manchmal ist ein 2. Platz besser als ein Erster
- Es lohnt sich, auf einen 1. Platz zu warten, weil man es dann mehr genießt
- Hör auf, wenn's am schönsten ist (schwer zu erfüllen und selten praktiziert)

Apropos Schule.

An die Klassen 2, 3 und 4 erinnere ich mich kaum noch. Da waren die Arzttermine, insbesondere die Zahnarzttermine, bei der eine eigentlich doch nicht so nette Zahnärztin nachsah, ob wir auch regelmäßig putzen, damit wir auch in den 70ern noch kraftvoll würden zubeißen können. Gabs damals eigentlich eine andere Zahncreme als Blendamed? Vielleicht noch Colgate, oder? Aber das wars dann auch schon.

Überhaupt war es doch alles einfacher damals, oder? Nur zwei Zahncremes, nur drei Fernsehprogramme und nur die Wahl zwischen ABBA, BCR oder „irgendwas dazwischen".

Auch die Politik war ganz einfach. Da gabs den bösen Osten und die nicht ganz so bösen Amis, die uns aber früher immerhin Kaugummis, Cola und bald darauf auch die ersten Burger gebracht haben.

Innerdeutsch war Helmut Kohl noch nicht für die Generation Golf zuständig, sondern sein Vornamensbruder Schmidt für unsere noch nicht ausgereifte Generation. Und kurz vorher Willi. Die RAF terrorisierte Deutschland und man bekam mit, dass sich Deutschland nicht erpressen lassen wollte. Friedenstauben, Anti-AKW-Demonstrationen und die Gründung der Grünen ließ unsere Generation für kurze Zeit das Gefühl haben, doch noch „irgendwie den Anschluss an die 68er bekommen zu haben".

Letztlich war genau das der Fall. Die 68er hatten wir verpasst und weit und breit war kein Flower Power mehr in Sicht. Alles steuerte auf die 80er zu. Wir wussten, dass wir, wenn wir es nicht zu dumm anstellen würden, das Jahr 2000 als fast 40jährige mitbekommen würden. Mehr als 20 Jahre vor dem Jahrtausendwechsel erahnten wir, dass diese Jahreszahl eine besondere Bedeutung haben wird. Vielleicht, weil wir die ersten Wiederholungen von Star Trek Enterprise (die Originalserie mit Kirk, Spock und Pille) noch mitbekommen haben, vielleicht, weil für uns der Wechsel von Sean Connery zu Roger Moore als James Bond nicht nur ein prägendes, sondern ersehntes Erlebnis war?

Wir hatten uns zu entscheiden. Nicht zwischen EM-TV und INTERSHOP (hab ich gelacht, als ich die Stelle in Generation Golf las), sondern zwischen wenigen Alternativen: „Atomkraft, nein Danke" und „Steinzeit, ja bitte", zwischen Helmut Schmidt und Franz-Josef Strauß, zwischen Mal Sondock´s Hitparade und der Schlagerrally, zwischen Zack und MAD.

Die Entscheidungen nahmen kein Ende. Und wir haben es gut gemacht. Es hat uns noch interessiert. Nicht nur interessiert: Wir haben das Interesse manchmal erst geweckt. Wer sich heute zwischen Adidas und Puma entscheiden muss, sollte wissen, dass wir ADI DASler erst groß gemacht haben und Mixgetränke ebenfalls unsere Erfindung waren. Vorher gabs nur Bier oder Whiskey oder Schnaps. Bei uns gab die ersten Whiskey-Cola und die ersten Cola-Bier-Mixe. Und es gab „McTwo", eine kleine grüne Flasche mit „bierhaltiger Limonade". Da fühlte man sich schon fast erwachsen, wenn man nach 10 Flaschen einen kleinen Schwips intus hatte. Immerhin das erste Alcopop.

Genug der Lobhudelei. Zurück in die Schule.

Wir waren die wahrscheinlich letzte erste Klasse, in der man noch nicht in Heften seine Hausaufgaben machte, sondern auf Tafeln mit Kreide geschrieben hat. Dafür waren auch unsere Ausreden kreativer. Nicht „mein Hund hat das Heft gefressen", sondern „mein Hund hat über die Tafel gepinkelt"...

Nach der Pause mussten wir uns immer zu zweit nebeneinander in einer Reihe hintereinander aufstellen und dann wieder in die Klasse gehen. Manchmal waren auch drei nebeneinander erlaubt, wenn man sich gar nicht entscheiden konnte.

Wir waren 7 oder 8 Jahre alt. Damals trafen Entscheidungen noch unsere Eltern. Wieder ein grundsätzlicher Unterschied zwischen uns und den „Golfern". Wo unsere Nachfolger selbst im Kindergarten zwischen Puma und Adidas entscheiden durften, hatten unsere Eltern die Wahl zwischen Turnschuh und Sportschuh. Und SIE hatten die Wahl. Wir gehorchten oder gingen barfuß. Und das genau einmal. Dann lieber mit den Alditretern im Turnbeutel zum Bockspringen als barfuß.

Wenn unsere Eltern etwas vorgaben, dann gehorchte man oder man revoltierte. Die Wahl hatten wir. Meine Schwester zum Beispiel revoltierte. Ich gehorchte. Ich bekam dafür auch mehr Geld beim Vorzeigen des Zeugnisses. Sie bekam bestenfalls „den Gürtel" für ihre Minimalleistung…

Letztlich fieberten wir damit dem Zeitpunkt entgegen, ab dem wir unsere eigenen Entscheidungen treffen konnten. Und als die Zeit da war, entschieden wir uns schnell. Vor allem konnten wir kaum mehr von unserer Meinung abrücken, egal, wie dumm der Gedanke war. Veränderungen sind für uns nicht einfach und (zumeist) wohlüberlegt.

Wie lange habe ich gebraucht, um vom Hermsburger zu McDonalds zu wechseln? Viel länger jedenfalls als die Klassen unter mir. Fast so lange, wie ich für den Wechsel von Beta zu VHS brauchte. Eigentlich haben meine Eltern so lange dafür gebraucht. Ein Videoplayer war damals noch so selten, wie heute ein digitaler Kabelanschluss. Und viel teurer. Und ein Videorecorder war wohl noch gar nicht erfunden. (Sorry, Nachtrag, einige Jahre später: Digitale Kabelanschlüsse sind jetzt normal.)

Aber da habe ich schon wieder vorgegriffen. Viel früher gab es ja so viel wichtigere Entscheidungen. Und dabei rede ich nicht von

Gesamtschule oder Gymnasium oder Bonanza-Rad oder Klapprad (na ja, auch darauf hatte ich leider keinen Einfluss) ...

Mitte der 70er war es, als ich mit meinem Kompaktcassetten-radiorecorder zum ersten Mal selbst bestimmen konnte, was ich aufnehme, welche Musik ich hören will und was ich dann Freunden vorspielen will. Und da gab es bis Anfang der 80er eigentlich nur eine Sendung. Mal Sondock´s Hitparade, bzw. vorher Die Hitparade im WDR. War das Gleiche, hieß nur anders. Hit oder Niete. Die Oldie-Sektion. Der Postkartenkampf (damals wurde noch per Postkarte abgestimmt) zwischen Abba, den Bay City Rollers und einigen kurzlebigen Nummer-Eins-Hits. Naja: für MICH gabs nur die Mittwochs-Hitparade. Einige andere wählten stattdessen die Schlagerrallye am Samstag. Ich weiß nicht mal mehr, wer die moderiert hat. Nur an Status Quo kann ich mich noch gut erinnern. Die waren mal etwa 1 Jahr lang drin in den Top 20. Rockin all over the world.

Da waren wir damals schwer in der Pubertät (vielleicht auch noch kurz davor) und doch fühlten wir uns bereits erwachsen, weil es die Oldie-Ecke gab, in der man sich zwischen den Beatles und den Bee Gees oder den ersten Titeln von Rod Stewart und Frank Sinatra entscheiden musste.

Wie gnadenlos wir noch waren, als es um „Hit oder Niete" ging. Wenn der Titel uns nicht gefiel, gabs 5mal das Nietenzeichen und weg war er. Heute muss man sich den größten Mist im Fernsehen vorführen lassen und dann zwischen zwei Nieten die bessere auswählen oder – noch schlimmer – zwei Nieten mit 1-5 bewerten und dafür richtig Geld ausgeben. Und wenn die Niete dann genug Freunde hat, kommt er immer noch auf ne 3 statt auf das erbarmungslose Nietengeläute.

Ich denke, wir waren ziemlich hart. Vielleicht auch manchmal hartherzig. Wir konnten jemandem einfach nicht 1 Punkt geben, wenn er einfach gar keinen verdient hatte. Gottseidank waren die meisten unserer Lehrer da freundlicher. Die alten 68er vergaben ungerne ne 6. Dummerweise auch wenige Einser. Wenn, dann eine Eins minus....

Erbarmungslos waren wir sicher auch dabei, unsere Mittwochs-Aufnahmen dann spätestens am Donnerstag den Freunden vorzuspielen. Da merkte man schnell, wer „Freund, wer Feind" war. Ich meinerseits habe mir nicht nur erbarmungslos grinsend die Hände gerieben, wenn wieder eine Niete vom Plattenteller gekippt wurde, sondern habe das alles auch noch akribisch genau mitgeschrieben. Jede Woche eine neue Seite. Statistikfan. Leider nie erwähnt in der Jahresauswertung, bei der andere Statistiker auch ihre Jahresauswertungen eingesendet hatten. Das war damals noch richtig Arbeit. Kein Computerprogramm, das einem die Punktzahlen aufaddierte. Selbst den C64, auf dem man sich zumindest ein kleines Basic-Programm hätte schreiben können, um das zu vereinfachen, gabs noch nicht.

Pong gabs schon. 2 Balken und ein „Ball", der immer zwischen Beiden hin und her fegte. Und das kurz drauf dann auch mit 4 Balken oder mit 30 Balken, die alle nacheinander verschwanden.

Der C64 (bzw. der Sinclar ZX, der meist von Schlagerrally-Hörern gekauft wurde) kam erst ein paar Jahre später. Und dann saß man nächtelang daran, ein Programm zu schreiben, um die Hitparade im WDR auszuwerten, für deren Auswertung man handschriftlich nicht mal die halbe Zeit gebraucht hätte. Naja, im nächsten Jahr würde man die Zeit dann ja sparen. Andererseits gabs da die WDR-Hitparade schon gar nicht mehr, glaube ich. Egal, für irgendwas hat man ein Programm geschrieben.

Die Musik ist wahrscheinlich kein wirkliches Unterscheidungsmerkmal zwischen der Generation Golf und uns, oder? Auch in den 80ern gab es Titel, die man noch heute hört. Auch echte Klassiker sind dabei.

Ein Unterschied war eher der zwischen Ilja Richter und Peter Illmann. Ein Punkt an die Golf-Generation. Ilja wirkt heute echt zu peinlich. Formel Eins war dann doch schon deutlich fortschrittlicher. Auch, wenn man mit Bananas, Helga Feddersen, Olivia Pascal und Frank Zander dann noch mal eine Art Reminiszenz an die Disco geliefert hat.

Hat aber Formel Eins jemals die Hitparade im ZDF erreicht? Der Punkt kommt postwendend zurück. Okay, in den 70ern hat man noch mit der ganzen Familie das Abendprogramm gesehen. Das gabs dann später nicht mehr, aber war das falsch? Wohl kaum. Die echten Musik-70er. Ein Kapitel für sich.

Und damit beginnen wir nun wirklich. Irgendwie müssen wir ja Ordnung in die Generation zwischen Ford Taunus und VW Scirocco bringen.

Los geht's in den 60ern.

(...)

Die 70er im Bild

Die echten 70er. Es ist Samstagabend. „Neunzehn Uhr, 30 Minuten und 19 Sekunden. Hier ist Berlin. Hier ist Ihr ZDF. Hier ist Ihre soundsovielte deutsche Hitparade."

Da laufen einem Schauer über den Rücken. Marianne Rosenberg, Jürgen Marcus, Roberto Blanco, Michael Holm, Bata Illic, Gitte, Roy Black als er noch meinte, nie ein Comeback zu benötigen, Peter Alexander (da sollten wir gleich noch mal auf die Peter-Alexander-

Show zu sprechen kommen), Karel Gott, selbst Udo Jürgens und, und, und. Und Dieter-Thomas in Hochform. In seinem Zett-De-Efff.

Selten waren Generationen vor dem Fernsehen so vereint. Das gabs wohl nur in den 70ern. Setzen sich heute Ihre Kinder mit Ihnen vor den Fernseher und schauen „Die Schlagerspitzen des Herbst" mit Florian Silbereisen? Okay, die schauen wir auch nicht. Deutsche Schlager sind heute größtenteils eben auch nur das, was sie schon früher waren...ziemlich schlecht. Aber damals war „Der kleine Prinz" eine kleine Träumerei, der eigentliche Start ins Wochenende.

Und diese Vereinigung endete noch lange nicht bei der Hitparade. Während die DISCO schon entzweite (da wurde ja ausländisch gesungen), gab es ja noch die heute oft gerühmten und (so würde Stefan Raab sagen) „oft kopierten aber unerreichten" Samstagabend-Shows.

- Rudi Carells „Am laufenden Band", bevor er Herzblatt erfand.
- Kuli (Hans-Joachim Kulenkampff), als er noch den Charme der 50er in die 70er rüber retten konnte und nicht den Buchtitel vergaß, über den er nun eigentlich sprechen wollte.
- Der kleine, lustige Hans Rosenthal, der Spiele erfand, dass man gar nicht mehr hinterher kam.
- Robert Lembke und sein Anwalt (Hans Sachs), der später dann von Norbert Blüm gedoubelt wurde.
- Und nicht zu vergessen: Thöööööööölke. Der arme Wim, der immer vor einer leeren Wand mit Wum und später auch Wendelin sprechen musste und immer noch einen Nachsatz hatte, wenn er merkte, dass er zu schnell gesprochen hatte für die vorgegebenen Szenen von Loriot.
- Joachim Fuchsberger, schon eher 80er Jahre, Laufschriften und Nachthemdmoderator
- Heinz Schenk und Lia Wöhr im Blauen Bock

- Camillo Felgen und Spiele ohne Grenzen (nein, das war nachmittags)

Da fallen einem längst untergegangene Namen ein: Der ewige Postbeamte Walter Sparbier. Mady Riehl, die immer so schnell alle Markbeträge mal 7 nehmen konnte (ohne Computer), der Dicke aus dem laufenden Band, der immer für dümmste Späße herhalten musste (Heinz Eckner), Kulis Butler und Produzent (Martin Jente) und Kulis Assistentin, die die peinlichsten Kleider tragen musste, um sich dann auch noch frech von ihm anmachen lassen zu müssen.

Wer würde da heute nicht alles sofort beim Sender anrufen, wenn sich eine Frau so zum Affen machen müsste? Naja, andererseits machen das heute viele Frauen und Männer eh freiwillig.

Unser Familienabend begann allerdings nicht erst um 20.15 Uhr. Er begann bereits am Nachmittag. Da vollzogen sich Rituale, an die man sich heute manchmal nur noch peinlich berührt erinnern mag. Samstags konnte man sich draußen zum Beispiel so richtig dreckig machen. So richtig. Denn es war Samstag und damit Badetag. Vor dem gemeinsamen Fernsehabend gings in die Wanne. Meist erst Papa, dann meine Schwester, dann ich. Und wenn das Wasser das mit machte, alle ins gleiche Wasser. Mama war privilegiert. Sie konnte sich den Zeitpunkt aussuchen. Manchmal vorher, manchmal nachher, wenn sie das Programm nicht interessierte. Wenn ich schnell genug war, hatte ich das alte Wasser schon rausgelassen, bevor es bemerkt wurde. Dann gabs frisches Wasser. Allerdings hatte man dann ein Zeit- und Hitzeproblem. Bis 20.15 Uhr wurde die Zeit knapp, da erst das neue, heiße Wasser einlaufen musste. Es war immer zu heiß für mich. Aber sauber.

Manchmal waren wir auch zu spät dran. Dann gabs kein Abendessen vorher, sondern Mama machte „Schnittchen". Die gabs dann ab 20 Uhr im Wohnzimmer. Wenn ich mir selbst heutzutage Schnittchen mache, erreiche ich diese Qualität nur noch, wenn sie als warme Baguettescheiben grade erst frisch aus dem Ofen gekommen sind. Diese Abende gabs natürlich erst als wir schon „größer „waren. Vorher war das Sandmännchen unser Schlussgong vorm Schlafengehen. Da gab es jahrelang nur die Zeit mit Wickie, Barbapapa und Pan Tau. „Pipi machen, Zähneputzen, Hände waschen, ab ins Bett".

Andererseits war es samstags schon eher mal der Fall, dass die Schlafenszeiten großzügig verlängert wurden. Und auch Ausreden der dümmeren Art, warum man unbedingt noch mal ins Wohnzimmer kommen musste, wurden manchmal mit einem wissenden Lächeln großzügig übergangen. Manchmal waren unsere „Vor-68er-Eltern" dann doch liberaler, als man selbst erwartet hätte.

Manchmal reichte schon ein kleines Blatt Papier unter der Wohnzimmertür durchgeschoben, ein wenig Hüsteln hinter der geschlossenen Wohnzimmertür und dann durfte man doch noch ein halbes Stündchen mitgucken. Und da wurden dann, wenn man sich schön still verhielt, auch mal zwei halbe Stündchen draus.

Ein absolutes Highlight war die große Peter-Alexander-Show. Eigentlich kann ich mich nur noch dran erinnern, dass der große Peter den Hans Moser so gut nachmachen konnte und Theo Lingen. Die waren dann auch mal in der Show, glaube ich. Das kam immer 1x im Jahr um Weihnachten rum. Irgendwann gabs die dann nicht mehr. Ich dachte jahrelang, dass Peter Alexander wahrscheinlich gestorben wäre, bis ich dann irgendwann wieder was über ihn gelesen habe. Heutzutage weiß ich natürlich, dass er nun wirklich gestorben ist. Aber ich bedauere es noch immer, dass er sich zu früh zurückgezogen hatte. Zumindest eine Abschiedsgala hätte er sich geben lassen sollen.

Was waren das für Shows, die unsere Generation damals noch vor den Fernseher vereint haben? Was haben „Das laufende Band", „EWG", „Dalli Dalli" oder „Der große Preis" gemeinsam?

„EWG" und „Der große Preis" waren Quiz-Shows. Man musste eine gewisse Allgemeinbildung vorweisen. Bei EWG reichte darüber hinaus ein zusätzliches „Aktuelles Wissen". Bei Wim Thoelke benötigte man schon ein zusätzliches, besonders ausgeprägtes, Wissensgebiet. Ähnlich übrigens, wie bei „Alles oder nichts".

„Das laufende Band" und „Dalli Dalli" dagegen waren mehr „Spektakel-Shows". Die Kandidaten mussten komische Szenen spielen oder sich ein bisschen zum Affen machen. Bei Hans Rosenthal machte sich zudem der Moderator zum Affen. Und seine Kandidaten waren prominent. Und sie spielten nicht für sich (nun ja, ein bisschen schon, weil man sich ja nicht blamieren wollte), sondern für einen guten Zweck.

Lassen Sie uns EWG und den große Preis mit heute aktuellen Sendungen vergleichen. Wer wird Millionär? Was muss man können? Für die erste Runde (so bis 2.000 Euro) braucht man nur eine minimale Allgemeinbildung. Danach wird's schwerer. Dafür bekommt man Hilfen. Bei EWG und Thoelke musste man sich auf sich selbst verlassen. Und vorher üben. Das bringt bei Günter Jauch wohl eher weniger.

Andererseits brachte es bei Dalli Dalli und Rudi Carell wenig, vorher zu üben. Man musste einfach nur spontan sein. Und ein paar Hemmungen ablegen.

Okay, das Laufende Band könnte man heutzutage mit einfachen Gedächtnisübungen wahrscheinlich vorwärts und rückwärts aufsagen. Mit und ohne Fragezeichen und natürlich mit der Zusatzaufgabe, an welcher Stelle das Fragezeichen vorbeilief.

Ich finde keine Show, die diesen heute nahekommt.

Ich finde aber eine Show, die am Ende jener „glorreichen Quizzeit" all diese Shows ablöste und noch heute noch aktuell ist und damit sozusagen die Elfmeter-Vorlage für meine Interpretation der 70er-Shows liefert. Und natürlich weiß ich, dass die erst 1981 zum ersten Mal lief. Es war halt das Ende der 70er und doch noch mittendrin, irgendwie.

Ich spreche von „Wetten-dass". Die erste Show habe ich damals mit einer neuen Freundin gesehen. Ich erinnere mich noch an die „Korken-Wette" (ein Mädchen sprang ins Wasser, ohne mit dem Kopf unterzutauchen) und was war das für eine Sensation, dass dort ein Mann eine Wärmflasche mit dem Mund zum Platzen brachte. Leider erinnere ich mich nicht mehr an den an den Namen des Mädels, mit dem ich das damals zusammen geschaut hatte und mit der ich an dem Abend eigentlich etwas ganz anderes vorhatte. Doch, ich bin mir sicher, sie hieß Petra.

Die Shows der 70er guckten man auch der Moderatoren wegen.

Frank Elstner (den man vom Radio Luxemburg kannte und aus „Spiel ohne Grenzen"), Rudi Carell (der lustige Holländer), Hans Rosenthal (der kleine, lustige, hüpfende Jude), Wim Thoelke (die deutsche Eiche mit Humor), Hans-Joachim Kulenkampff (der charmante, deutsche Allround-Kenner der Weltkulturen).

Vorher gabs natürlich noch die großen Moderatoren der „alten Schule", wie Peter Frankenfeld oder Lou van Burg, der tatsächlich noch wegen einer Affäre mit seiner Assistentin dann die Show an Vico Torriani abgeben musste.

Und für alle, die sich damit nicht identifizieren konnten, gab es die Zwischentypen, wie Dieter Thomas Heck, Ilja Richter, Dietmar

Schönheer (ein Überbleibsel der 68er), Peter Alexander und Ernst Stankowsky (Erkennen Sie die Melodie?).

Heutzutage könnte Günter Jauch jederzeit auch durch einen anderen Moderator ersetzt werden. Er war einfach nur der Erste. Noch grade den Absprung aus dem Sportstudio geschafft. Oder Michael Schanze zwischendurch mit seinen Hochzeitspaaren. Ersetzbar.

Da gibt's nur einen Einzigen, der den Übergang geschafft hat aus den wilden 70ern über die trostlosen 80er in die aktuellen 00er und die ganze Zeit immer den Stab festhält, den er von den obigen übernommen hat und für den er noch niemanden gefunden hat, an den er ihn weitergeben könnte. Thomas Gottschalk. Nun, zwischenzeitlich hat es auch ihn erwischt. Oder auch nicht, da er die Show ja immer mal wieder macht.

Aber mehr ist nicht geblieben. Die „Typen" sind verschwunden. Verschwunden in der Masse der Übergangs-80er. Rein in die 90er und von da an übergangslos ins neue Jahrtausend.

Diese Moderatoren waren es, die die Medienlandschaft geprägt haben. Der eine wollte witzeln, wie Carell, der andere Jux machen, wie Hansi, der Dritte über allem stehen, wie Thoelke und der letzte den „Charming Boy" alter Schule spielen, wie es Kuli vorgemacht hat.

Und diese paar Typen reichten uns auch schon. Man war zufrieden mit 3 Fernsehprogrammen und 2 Radiosendern. Wir waren begrenzt damals. Allerdings auf hohem Niveau. Begrenzt nicht nur durch unsere 3 Fernsehprogramme. Auch durch nur 2 Radioprogramme. Durch 2 Turnschuhe und nicht mehr als 17 Automodelle. Wir hatten keine Wahl zwischen Aldi, Lidl und Penny. Wir nahmen Aldi oder Karstadt. Frühstücksfleisch aus der Dose oder Kaviar direkt vom Eis. Es war halt— trotz aller Entscheidungen — eine einfache Welt, in der wir uns zurechtfinden mussten. Und das prägte uns. Cassius Clay und Muhammed Ali waren für uns noch die gleiche Person...

Wie die Shows dieser Zeit waren auch die Serien und Filmhighlights. Ich kann mich an keine Serie erinnern, in der es nicht ein vernünftiges Ende gab. Meist Happyends. Der Umschwung kam erst mit Dallas, aber das war damals noch weit weg. Unsere Serien hießen „Bonanza", „Rauchende Colts", „Die Leute von der Shiloh-Ranch", „Am Fuß der blauen Berge" (?), „Die Brady-Familie", „Immer, wenn er Pillen nahm", „Kung Fu" (eine Serie, die ich eigentlich erst mit der Neuauflage in den 90ern richtig begriffen habe), „Die Straßen von San Franzisco", „Kojak - Einsatz in Manhattan", „Der Kommissar", die ersten „Derricks" und die ersten „Der Alte". Wir haben das „Raumschiff Enterprise" erst auf den richtigen Kurs gebracht und waren dann später von der Next Generation erst schwer enttäuscht, bevor wir merkten, dass das die bessere Serie ist. Gleich begeistert waren wir von Barbara Eden. Wer wünschte sich in seiner Pubertät nicht eine „Bezaubernde Jeannie"? Schon damals wussten wir, dass Larry Hagmann was Besseres mit ihr hätte anfangen können...

Naja, er hat ja dann später in Dallas uns vorgemacht, was wir damals schon meinten. In den so freien 70ern hat man sich so das wohl doch noch nicht getraut. Wir waren Nachkommen der wilden 60er. Und eigentlich wollte man ja gerne so frei und ungezügelt sein, aber getraut haben wir uns dann doch nicht.

Kultserien für mich waren schon damals „Die Zwei" und dann später „Es muss nicht immer Kaviar sein". Siegfried Rauch wäre auch ein guter James Bond geworden.

Ich habe wirklich nachgedacht und keine echten Serien gefunden, die ohne Ende geblieben wären nach 45 oder 60 Minuten. Und meistens endete auch die spannendste Folge dann mit irgendeinem Lacher. Der musste einfach sein, auch, wenn er noch so dümmlich war.

Ein paar Ausnahmen gabs dennoch: Die Weihnachtsserie. Timm Thalers gestohlenes Lachen. Aber auch hier war von Anfang an ein Ende abzusehen. Irgendwann würde er sein Lachen wieder haben. Die Frage war letztlich nur wie und wann. Okay, wann stand auch vorher fest. Im letzten Teil eben. Ja, es gab noch einen „letzten Teil" einer Serie. Da konnte man sich sicher sein. Auch die (schon heftig vielen) 13 Teile von „Es muss nicht immer Kaviar sein" waren eben auch auf diese 13 Teile begrenzt. Und spätestens dann musste alles geklärt sein.

Die erste echte Ausnahme davon bildete dann eine Sitcom, die – glaube ich – damals nur auf dem 3. Programm lief. „Soap". Zwei völlig chaotische Familien mit so ziemlich allem, was man sich an Durchgeknalltem damals vorstellen konnte. Die endete immer mit einer langen Stafette von Fragen a´ la „Wird James den schwulen Butler heiraten?", „Kann sich Jessie aus den Krallen der wahnsinnig gewordenen Ziege befreien" oder „wen interessieren all diese Fragen eigentlich?". Billy Crystal spielte darin einen der ersten Schwulen im Fernsehen.

Das wars dann aber auch schon. Dallas, Denver und Lindenstrasse sind klare Serien der Generation Golf. Offene Enden. Wie an der Börse. Man weiß nie, wie der Kurs am nächsten Tag steht. Wahrscheinlich einer der Gründe, warum wir uns da immer schwer zurückgehalten haben.

Was gabs noch im Fernsehen?

Barbapapa – die süße Familie mit geordneten Zuständen und „netten Frisuren"
Und der „Papi wird's schon richten" zum Schluss. Er atomisiert sich einfach in eine kleine, dünne Schlange und holt seine Kinder aus der

Situation irgendwie raus, in die sie sich wieder – gegen besseres Wissen – selbst rein manövriert haben.

Calimero – ein Looser, nett, aber ein Looser. Will sich eigentlich noch irgendwer an dieses halbe Ei erinnern, dass immer die Arschkarte ziehen durfte und auch immer gezogen hat? Haben wir uns das damals nur angeguckt, weil wir uns sicher sein wollten, mal niemals so ein Versager zu werden und Calimero mal so richtig einen auf die dumme halbe Eierschale zu geben?

Catweazle – DER ELEKTRIK-TRICK! Und Kühwalda, die Kröte. Dumm, eklig stinkend, mittelalterlich und immer wieder nett. Erst Catweazle hat uns gezeigt, welch wunderbaren Erfindungen wir zwischenzeitlich als ganz normal empfunden hatten. Elektrischer Strom war für ihn ein Wunder und wir, die damals noch keinen Computer gesehen hatten, bemerkten gar nicht, wie ähnlich wir ihm eigentlich noch waren.

Emm wie Meikel – Warum kennt das heute keiner mehr? Genauso, wie Plumpaquatsch oder Lemmi und die Schmöker... da zählte noch der Anspruch an das Kinderprogramm, den Kleinen etwas beizubringen. Mal besser und mal schlechter. Aber immerhin gings nicht nur drum, irgendwelche Computerspiele im Fernsehen nachzuspielen oder in einer wild kreischenden Menge irgendwelche Steine aus einem Brett zu hauen, nur um den Adrenalinspiegel der kleinen Bälger möglichst früh im Leben möglichst hochzupuschen.

Lassen Sie mich auf die Schnelle (und ohne weiter erhobenen Zeigefinger) noch kurz ein paar weitere Serien aufzählen, nur der Erinnerung wegen:

Das feuerrote Spielmobil – War das nicht die Vorgängersendung von Rappelkiste?
Oder vom „Kli-Kla-Klawitterbus"?

Der Kommissar – noch heute Kult – Wie, Kult? – Ja, Kult sage ich. – Wieso sagen Sie Kult? Wieso hat er jetzt Kult gesagt? (Sie erinnern sich an diese gruseligen Sequenzen?). Jedenfalls kannte Erik Ode letztlich jeden Mörder schon vor seinen Mitarbeitern. Und ich bin mir ziemlich sicher (ich habs nicht gegoogelt), dass seine Ehefrau später auch die Ehefrau von „Kottan" war, dieser genialen Krimiparodie aus Österreich

Pan Tau – gespielt von Otto Simanek. Und erst in den letzten Folgen konnte Pan Tau dann auch sprechen, vorher war er reiner Pantomime.

Raumpatrouille Orion – Habe ich damals nicht mitbekommen, war aber ähnlich geil wie Enterprise und im Nachhinein auf jeden Fall kultiger.

Die Zwei – Tony Curtis und Roger Moore, von deutschen Schauspielern 10mal besser synchronisiert als im Original (Rainer Brandt und Lothar Blumhagen).

Erkennen Sie die Melodie – mit Ernst Stankovski. Das war – glaube ich – am Samstag kurz vor dem Abend – Prime Time – und immer etwas sehr abgehoben. Man wusste nix und wollte eigentlich auch gar nix wissen.

Spiel ohne Grenzen – Die unglaubliche Stimme des Moderators Camillo Felgen und so richtig depperte Spiele, die man heute nur noch in ähnlicher Weise auf dem Dritten Programm sieht. Oder bei Big Brother. Irgendwann kam Frank Elstner auch dazu und unternahm seine ersten Schritte im Fernsehen

Ein Herz und eine Seele – Nun, Alfred und die dumme/dusselige Kuh kennt heute auch noch jeder.

Kojak – mit Telly Savalas, erst rauchend, dann mit Lolly.

Die Straßen von San Francisco – Karl Malden (der mit DER Nase) und Michael Douglas.

Detektiv Rockford, der immer irgendwie verlor und doch auch gewann. Cannon – der kleine, etwas rundliche Detektiv (William Conrad).

Quincy natürlich – ich weiß heute noch nicht, warum es immer wieder Serien gibt, in denen der Held, der sich immer und immer wieder als derjenige mit der richtigen Nase herausstellt, dennoch ständig und trotz 100% Erfolgsquote von seinen Vorgesetzten nicht ernst genommen wird.

Roots – „Wie heißt Du"? „Kunta Kinte" – (Peitsche), „Wie heißt Du"? „Kunta Kinte" – (Peitsche), „Wie heißt Du"? „Kunta Kinte" – (Peitsche), „Wie heißt Du"? „Toby"...
Übrigens spielte Levar Burton den jungen Kunta Kinte, der später den Geordie LaForge in Star Trek gespielt hat.

Männerwirtschaft – mit Tondy Randall (Felix) und Jack Klugmann (Oscar).
Unsere kleine Farm – hab ich nicht gemocht.
Die Waltons – Gute Nacht, John Boy, John, Olivia, Mary Ellen, Benjamin, Elizabeth, Jim-Bob, Jason, Samule und Esther und Erin-Esther.

Derrick natürlich mit Horst Tappert und dem nie gesagten Satz, dass der Wagen vorgefahren werden soll.

Mit Schirm, Charme und Melone – noch heute Kult mit Emma Peel und John Steed.
Daktari – mit dem schielenden Löwen Clarence und dem Affen Judy.
Flipper – heute irgendwie gar nicht mehr so spannend, wenn Sandy mit der Hupe unter Wasser Flipper ruft.

Lassie – Flipper über Wasser, genauso, wie Black Beauty (wobei das wohl mehr für Mädchen war, oder?).

Was gabs noch? Natürlich DER Tatort mit Nastassja Kinski und Klaus Schwarzkopf, Christian Quadflieg und der unendlich verständnisvollen und hintergründigen Judy Winter. Und die Tatorts mit Schimmi.

Nicht zu vergessen natürlich die Serien und Quizshows in der Woche. „Dalli Dalli" lief immer donnerstags, glaube ich. Warum auch immer der Donnerstag sich damals als besonders guter Tage für Quizshows angeboten hat, weiß ich nicht.

Damals wurde das „Fremdschämen" erfunden, oder? Hans Rosenthal, der irgendwann meinte, er müsse ständig springen und schon damals ziemlich peinliche Spiele. Aber irgendwie konnte man ihm nicht böse sein. Er war mit ganzem Herzen dabei und irgendwie waren auch meine Eltern bei seinen Spielen dann irgendwie noch Kinder.

Die Montagsmaler habe ich auch gerne gesehen, erst mit Frank Elstner, dann mit Sigi Harreis. Erst Montags, dann Dienstags. Ich kann mich gar nicht mehr dran erinnern, dass auch Reinhard Mey mehrere Shows moderiert hat.

„Klimbim" sehen zu dürfen, war schon eher außergewöhnlich. Da gabs Ingrid Steegers Brüste zu sehen und manchmal auch die von Elisabeth Volkmann (nicht ganz so spannend). Das war eigentlich nur was für Erwachsene. Umso spannender war es, wenn man dennoch einen Blick erhaschen konnte. Aber dienstags um 20:15 Uhr war das eigentlich nur heimlich möglich. Dafür hat man dann die Wiederholungen später genauer angeschaut.

Was will ich mit dieser Aufzählung sagen? Außer natürlich, dass alle coolen Serien, die heute immer wieder als Kult laufen, von uns erst zu dem gemacht wurden, was sie heute sind. Vielleicht, dass wir viel zu viel ferngesehen haben. Oder dass wir sehr gut wissen, warum wir unsere Kinder nicht den ganzen Tag fernsehen lassen (wollten).

Viel interessanter erscheint mir allerdings, dass man heute zwischen echtem Kult und mediengemachten Kult nur noch schwer zu unterscheiden lernt.

Wie werden irgendwelche neuen Serien aus Amerika heutzutage beworben? Oft genug doch als „die Kultsendung aus den USA". Jede Serie, die es in die 2. Staffel schafft, wird als „der Kult geht weiter" angepriesen. Nun gut, immerhin weiß unsere Generation noch zu unterscheiden zwischen echtem Kult und der Medienkultur.

Natürlich gab es da auch noch die vielen Kinderserien. Und – tatsächlich – sogar meine Kinder haben davon einige wenige noch geschaut. Leider nicht Barbapapa, aber Heidi und Wickie. Und waren genauso gespannt darauf, wann Klara wieder wird laufen können und wann die böse Frau Rottenmeier endlich einen drüber bekommt. Oder wann Wickie endlich den Zeigefinger unter der Nase reibt und die Lösung parat hat.

Die Muppet-Show begann auch schon in den 80ern. Schweine im Weltall. Und natürlich das Biest. Ne, das Tier, oder?

Captain Future ist irgendwie an mir vorbei gegangen, aber noch heute kennen es die meisten Jungs meiner Generation.

Irgendwie komisch war immer „Herr Rossi sucht das Glück". Wohl zu intellektuell für mich damals. Ähnlich, wie Doctor Snuggles.

Und noch heute schaue ich mir ab und an mal eine Folge (wenn es irgendwo wiederholt wird) von „Es war einmal..." an. „Es war einmal der Mensch..." oder „Es war einmal das Leben". Der weißhaarige Weise, der alles so gut erklären kann. Und die Blutkörperchen, die als kleine Soldaten die Viren abwehren. Oder mit Napoleon in den Krieg ziehen.

Nicht zu vergessen „Meister Eder und sein Pumuckl", „Nils Holgersson (fliegt mit den Gänsen davon)", „Pinocchio" (Kleines Bübchen…)". Und natürlich die „Sesamstrasse".

Fast vergessen, weil sie noch immer so aktuell sind, hätte ich Astrid Lindgren. Ich weiß nicht, wie häufig ich bis heute Michel in der Suppenschüssel gesehen habe oder Pipi Langstrumpf, die ihren Papa aus dem Taka-Tuka-Land befreit. Und meine Kinder haben es auch schon zigmal gesehen. Immer zu Ostern. Und/oder zu Weihnachten.

Der Wechsel zwischen uns und den Golfern kam sicherlich irgendwo zwischen Dallas, Denver und Falcon Crest. Naja, oder der Lindenstrasse. Allerdings wurde die letzte ne ganze Zeitlang auch von uns noch angenommen. Es war deutsch, es war international und es war neu. Und wir waren den neuen Medien noch aufgeschlossener, als wir es später wurden.

Heutzutage ertappen wir uns immer öfter dabei, dass wir sehr kritisch an neue Fernsehideen rangehen. Big Brother. Popstars und all die anderen – in 20 Jahren hoffentlich vergessenen – Fernsehereignisse. Man hat sich dagegen gewehrt. Soweit man es konnte. Ich selbst ertappe mich immer wieder dabei, beim Zappen auf „Promi-Big Brother" hängen zu bleiben. Vielleicht ja auch nur, um zu sehen, was aus dem 70er-Schlagerstar Christian Anders geworden ist. Wer hätte das damals gedacht? Aber das ist ein anderes Thema. Zur Musik werden wir noch kommen. Auch zur Hin- und Rückverwandlung von Marianne Rosenberg.

Jede Zeit hat ihr Fernsehen und ihr Kino. Mein James Bond war Roger Moore. Und Moonraker der Bond, den ich auch heute noch in

Erinnerung an die alten Zeiten am liebsten sehe. Die 70er waren der Aufbruch in die neue Zeit.

Den Aufbruch dahin haben wir mitbekommen und – ich denke – auch mitbestimmt. Auch wenn wir uns mit seinen Auswüchsen (Gott sei Dank) nicht immer identifizieren konnten.

Wir haben auch die ersten Star Trek-Kinofilme erlebt. Unendlich lang und ziemlich langweilig. Aber, da wir ja überhaupt erst dafür gesorgt haben, dass die noch ins Kino reinkamen, fanden wir die natürlich viel besser, als sie waren.

Das war Eis am Stiel 1 damals nicht. Im Gegenteil: Der war viel zu kurz, um all das in die Tat umzusetzen mit seiner weiblichen Begleitung, was man sich vielleicht im Kino so vorgestellt hatte und zudem viel zu interessant, um sich wirklich so intensiv um seine Begleitung zu kümmern, wie man sich das mal vorgestellt hatte.

„Night Fever" habe ich persönlich verpasst. Wahrscheinlich war ich zu sehr mit meiner Pubertät beschäftigt.

Dafür weiß ich noch, wie heute, wie ich vor Angst schlotternd aus dem ersten Zombie-Film mit meinem besten Freund Olaf nach Hause gegangen bin, ziemlich spät abends und keiner wollte dem anderen eingestehen, wie viel Schiss er eigentlich grade hatte.

„Der weiße Hai" und „Der Exorzist" haben mich dann erst später zum Schlottern gebracht, weil ich sie erst im Fernsehen gesehen habe.

„Rocky", der erste Teil, war damals noch verboten für mich, genauso, wie die diversen Schulmädchenreports, ja sogar die Bud Spencer & Terence Hill-Filme schauten nur meine Eltern im Kino. Dracula ebenso, aber die ersten drei Filme liefen dann irgendwann im Fernsehen und Christopher Lee hat mir sicher auch so manche gruselige Nacht beschert.

Die „Rocky Horror Picture Show" hätte ich 1977 (oder auch in den Jahren danach) schon im Kino sehen dürfen, denke ich, allerdings interessierte es mich damals gar nicht. Ich habe stattdessen dann „Abba – der Film" geguckt.

Gegen Star Wars, einem Kapitel für sich, habe ich mich irgendwie viele Jahre gewehrt. Ich war halt ein Star Trek Fan und irgendwie passte beides nicht zusammen. Das änderte sich natürlich im Laufe der Jahre.

Lassen Sie uns diesen Teil unserer Generation noch einmal zusammenfassen:

Drei Fernsehprogramme, 2 Radiosender, Kassettenrecorder und Schallplattencombibox.

Und dennoch kann ich seitenweise Filme, Serien und Quizsendungen aufzählen, die auch heute noch viele Menschen kennen und auf denen viele Prinzipien der Unterhaltung basieren.

Ob wir nur anspruchsloser waren oder ob einfach alles besser war, wage ich nicht zu beurteilen. Zumindest nicht in puncto Fernsehen. Wir hatten halt nicht mehr. Das erinnert mich an die Sprüche meiner Eltern, die von der Nachkriegsgeneration als „anspruchslos" sprachen. „Wir hatten damals nur das Radio und waren zufrieden", „Kartoffelsuppe war eine Leckerei für uns!", „Was hätte ich damals für so eine warme Strumpfhose gegeben?" oder „Wie, Du willst baden? Mitten in der Woche?". Ich befürchte, wir wären – 10 Jahre später geboren – echte Golfer geworden, oder? Wir wurden es nicht, weil die Zeit eine andere war. Aber zumindest waren wir die Wegbereiter für die Golfer. Wir sind selbst schuld, dass wir uns auf RTL und SAT1 freuten und gierig sehen wollten, was uns diese neuen Programme bringen würden.

Die 70er im Ton

Ein Kapitel haben wir bisher nur angekratzt: Musik und deren Tonträger.

In den 70ern gab es letztlich 4 Arten, Musik zu hören: Im Fernsehen, auf Schallplatte, auf Kassette und auf Papas Tonbandgerät.

Papas Tonbandgerät war eigentlich schon „out". Es war nett, damit ein wenig rumzuspielen. Es gab ein Mikrofon mit Kabelanschluss daran und man konnte drauf sprechen, das Band zurückspulen und dann wieder abspielen. Ich kann mich noch gut daran erinnern, wie meine Eltern mir ab und zu eine Aufnahme von mir und meiner Schwester vorgespielt haben, als wir so 3, 4 Jahre alt gewesen sein müssen. Fazit war, dass ich immer irgendwann in das Mikrofon gesagt hatte „Papa hat wieder getrunkt." Und dann alle im Hintergrund zu Lachen anfingen.

Selbst haben wir natürlich mit unseren Kassettenrekordern ernsthaft „gearbeitet". Und das war es damals noch. Es gab anfangs noch keine Kombigeräte, also Radio und Kassettenrekorder in einem Gerät. Stattdessen gab es nur kleine Aufnahmegeräte, die ebenfalls ein Kabelmikrofon hatten und durch Drücken auf die Tasten „Play und Record" nahm das Mikrofon dann auf, was im Raum halt zu hören war. Bei Musiksendungen im Fernsehen habe ich oft mit dem Rekorder direkt vor dem Fernseher gehockt, um dann die Aufnahmetasten zu drücken und das Mikrofon möglichst nah an die Lautsprecher vom Fernseher zu halten. Und natürlich war es immer so, dass man dann im Hintergrund hörte, wie der Rest der Familie ein Glas auf den Tisch stellte oder irgendeine völlig überflüssige Bemerkung zur Sendung machte.

Intensiv wurde diese Aufnahmesessions allerdings erst, nachdem ich Mal Sondock im WDR entdeckt hatte. Mal „M-A-L" Sondock. Da gabs die neusten Hits und sogar Titel, die zum ersten Mal in Deutschland im Radio liefen. Also zuerst das Radio einschalten, mittig in meinem Zimmer auf den Teppich legen und den Aufnahmerekorder direkt daneben, möglichst parallel oder eben mit Kabelmikro. Und dann im richtigen Augenblick „Play und Rekord" gedrückt, wenn der Titel anfing. Und rechtzeitig „STOP" gedrückt, bevor Mal wieder in das Ende des Titels hineinspricht, um den Titel möglichst ohne sein „Gequatsche" auf der Kassette zu haben. Und das war nicht so leicht, wie es sich hier anhört, denn

- Mal schaffte es nahezu immer, noch irgendein Wort mit auf die Kassette zu bringen,
- eine Kassette hatte 30 Minuten oder 45 Minuten Aufnahmezeit und natürlich endete die eine Seite meist mitten im Titel
- Oder man hatte vergessen, die ersten paar Sekunden der Kassette vor zu spulen, denn darauf konnte man noch nichts aufnehmen
- Oder man hörte plötzlich mitten im Titel, wie die Zimmertür geöffnet wird und Mamas Stimme fragt, ob man denn auf noch ein Schnittchen haben will
- Oder die Kassette hatte einfach keine Lust mehr, schon wieder mit neuer Musik überschrieben zu werden und fing an, sich anders aufzuwickeln, als es der bisher aufgenommenen Musik gut tat.

Das war natürlich die furchtbarste Situation überhaupt. Entweder man schaffte es, mit einem Bleistift das Kassettenband mit viel Fingerspitzengefühl wieder schnell herzurichten (sehr unwahrscheinlich) oder man hatte eine Ersatzkassette parat. Da vergaß man dann natürlich auf die Schnelle, die ersten 5 Sekunden vorzuspulen und schon fehlte der Anfang des nächsten Titels. Und noch schlimmer: Die ganze Sendung war verteilt auf mehrere Kassetten, im schlimmsten Fall waren alle Aufnahmen der ersten Kassette komplett zerstört.

Manchmal hatte man dann die Chance, seine Lieblingstitel in der Schlagerrally (3 Tage später) aufzunehmen, aber meist unterschieden sich die Ranglisten zwischen Mals Sondock´s Hitparade und der Schlagerrally doch deutlich.

Heute werden Schnipsel von Mal Sondocks Moderationen auf Webseiten gesammelt. Genau das, was man früher rausgeschnitten hat, ist heute Kult.

Die erste Erleichterung waren dann die Kombigeräte. Radio und Kassettenrekorder in einem Gerät. Alle Hintergrundgeräusche wurden nicht mehr mit aufgenommen. Die Qualität der Aufnahmen verbesserte sich um einige 1000 Prozent. Und dann gab es auch Kassetten, die längere Aufnahmen gestatteten. Das löste zwar das „Mama-fragt-nach-Schnittchen-Problem", aber nicht das „Längere-Bänder-führen-zu-längerem-Bandsalat-Problem".

Das wurde erst dadurch gelöst, dass man irgendwann mehr Geld im Portemonnaie hatte und sich einen Schallplattenspieler und die ersten Platten leisten konnte.

Ich weiß tatsächlich nicht mehr, welche Platte meine erste war. Ich befürchte aber, es war ein peinlicher Deutscher Schlager, den ich irgendwo billig erstehen konnte. Oder sogar eine Platte, die mir meine Eltern geschenkt hatten. Jedenfalls gab ich viel Geld für Schallplatten aus. Ich meine, eine Single kostete damals etwa 6 DM. Mein erster Schallplattenspieler jedenfalls war eine Art Koffer. Der Deckel war zugleich ein Lautsprecher. Man nahm den Deckel ab und stellte ihn als Box einfach daneben. Später gabs dann zwei Lautsprecher, also ein unterer und ein oberer Deckel. Damit waren wir beim Stereo-

Plattenspieler angekommen. Nur aufnehmen konnte man damit natürlich nicht.

Quelle–Komplettgerät
Hermsburger statt MCDonalds
Pong
Teppich-Klopf-Stange
Noch die wirklich alten Gewohnheiten mitbekommen, die noch aus den 50ern kamen
Die Burg (pinkel-Prinz), BB, Alm
Olympische Spiele als GvD (Gefreiter vom Dienst)
Mode
Tipp-Kick
Gisela Schlüter Quasseltante
Peter-Alexander-Show

(…und schon können Sie diese Erzählung gerne mit meiner Erlaubnis fortschreiben und selbst veröffentlichen…)

Der Ehrliche ist der Erfolgreiche -

Warum das Prinzip „tit for tat" auch im Vertrieb funktioniert

Vorwort

Das Händler-Dilemma

Kaufmann Müller und Kaufmann Schmitz tauschen jede Woche einen Koffer aus. Müller liefert einen Koffer voller Diamanten an Schmitz. Dieser bezahlt mit einem Koffer voller Geld. Das Problem dabei ist, dass beide Kaufleute erst in die Koffer sehen, wenn Sie wieder zuhause angekommen sind.

Jeder hat also die Möglichkeit, den anderen zu betrügen. Wenn Müller den Koffer mit Diamanten liefert, Schmitz aber nur mit einem Koffer voller Zeitungsschnipsel bezahlt, hat Schmitz einen hohen Gewinn eingefahren, Müller dagegen einen ebenso hohen Verlust. Liefert Müller nur Kieselsteine, während Schmitz brav mit Geld bezahlt, ist der Fall umgekehrt. Halten sich dagegen beide an ihre Vereinbarung, Müller liefert also Diamanten, während Schmitz bezahlt, haben beide einen Vorteil. Zugegeben einen geringeren Vorteil, als nur einer hätte, wenn er betrügt.

Betrügen dagegen beide, liefern also beide jeweils nur leere Koffer, gewinnt niemand. Beide machen sich lächerlich und verzichten letztlich auf jeden Gewinn. Was ist nun die beste Lösung?

Kapitel 1) Ist der Ehrliche der Dumme?

Das im Vorwort angerissene Händler-Dilemma bietet eine gute Gelegenheit, diverse Vorgehensweisen im Geschäftsleben zu testen. Wir werden in einem späteren Kapitel darauf ausführlich zurückkommen. Bis dahin begnügen wir uns einmal mit der Floskel, die man in den letzten Jahren immer wieder gehört hat: „Der Ehrliche ist der Dumme". Soll heißen: Wer nicht betrügt, schummelt, lügt, bis sich die Balken biegen und jeden oder alles über die Leisten zieht, der ist selbst schuld, wenn er es zu nichts bringt.

Das im Vorwort kurz angerissene Händler-Dilemma ist eine bekannte Taktik der Spieltheorie. Es setzt allerdings bestimmte Dinge voraus, um zu einem Ergebnis zu kommen, das ich Ihnen nachfolgend empfehlen und erläutern möchte:

- Die beiden Händler treffen sich immer wieder, beenden also nicht ihren Handel, wenn einer einmal betrogen hat
- Die beiden Händler wissen beim nächsten Handel, was beim letzten Mal abgelaufen hat, ob also einer betrogen hat oder nicht
- Beide Händler wollen langfristig den größten Gewinn für sich erzielen

Wenn Sie diese drei Voraussetzungen einmal genauer betrachten, entsprechen die ziemlich genau dem Verhalten zwischen jedem Händler und Kunden, sei es einem Softwarehändler und seinen Kunden, dem Kunden, der bei Aldi das besondere Top-Angebot kauft, dem Raucher, der seine Zigaretten beim Schwarzhändler an der Ecke kauft oder dem Friseur und seinem Kunden, der einen vernünftigen Haarschnitt erwartet.

Dieses Händler-Dilemma passt dagegen ganz und gar nicht auf einen Händler auf der Straße, der morgen ganz woanders steht und seine Kunden nur einmal und nie wieder sieht. Oder genauer gesagt: Es passt auch, allerdings sind die Ergebnisse völlig unterschiedlich.

Nehmen wir einmal diesen Straßenhändler. Was würden Sie tun als Straßenhändler? Es kommt ein Kunde mit einem Koffer (voller Geld oder voller Papierschnipsel). Sie haben die Wahl, ihm dafür einen Koffer voller Diamanten oder voller Kieselsteine zu geben.

Da müssen Sie nicht lange nachdenken, oder? Sie geben Kieselsteine und hoffen auf Diamanten.

Bei langwierigen Geschäftsbeziehungen wird das nicht funktionieren. Wenn man sich immer wieder trifft, wird der Handelspartner auf Ihre letzte Handlungsweise reagieren und seine nun anpassen. Welche Möglichkeiten gibt es denn jetzt? Welche ist auf Dauer die erfolgreichste? Wenn Sie einmal betrogen haben – wird dann Ihr Partner beim nächsten Mal auch betrügen? Ist dies hilfreich für weitere Geschäfte?

Rechnen Sie einmal nach, ob der Betrüger letztlich der Erfolgreiche ist oder welche Handlungsweise den meisten Sinn macht:

(...und schon können Sie diese Erzählung gerne mit meiner Erlaubnis fortschreiben und selbst veröffentlichen...)

Der Generationen-Wahnsinn

Wir alle sind Kinder unserer Eltern und manche von uns sind wiederum Eltern von Kindern und manche sogar Eltern von Eltern von Kindern. Auch bei uns ist das nicht anders. Wir haben 2 Kinder und wir haben Eltern. Und seitdem dies so ist (jetzt seit gut 6 Jahren) stellen meine Frau und ich doch fest, dass wir gar nicht alles anders machen. Im Gegenteil, manches machen wir genauso, wie unsere Eltern und manches noch viel schlimmer.

Warum hat eigentlich noch niemand mal offen ausgesprochen, dass unsere Eltern doch in allem (naja, sagen wir „in vielem") Recht hatten?

Exemplarisch, zum Einstieg, möchte ich meine Frau zitieren, die wiederum ihre Schwester zitiert, die ihren Vater zitiert.

Die Schwester meiner Frau, also meine Schwägerin, hat zwei Töchter. Eine davon ist jetzt in der Pubertät. Und macht ihr das Leben zur Hölle. Offenbar liegen beide seit mehreren Monaten nur noch im Streit. Egal, was meine Schwägerin auch anstellt: Ihre Tochter stellt sich quer und revoltiert einfach gegen alles. Stundenlange Telefonate zwischen meiner Frau und ihrer Schwester haben da auch keinerlei Besserung gebracht. Nichts bringt eine Besserung. Die „Kleine" (immerhin 12 Jahre alt) geht gezielt gegen alles vor, was meine Schwägerin für richtig hält.

Kurzum: Meine Schwägerin ist ein nervliches Wrack. Und bei einer dieser langen Telefonate gab sie dann ein Geheimnis preis: Sie wurde verflucht! Warum? Von wem?

Von meinem Schwiegervater.

Warum? Weil sie selbst in ihrer Jugend eine „Höllenbraut" war. Während ihrer eigenen Pubertät hat sie gegen alles revoltiert, was ihre Eltern für richtig hielten und hat sie zur Weißglut getrieben. Und irgendwann einmal, als sie spätnachts nach einer langen, durchtanzten Nacht im Polizeiwagen nach Hause gebracht wurde, sprach ihr Vater den Fluch aus, den sie nun zu spüren bekommt: Mein Schwiegervater fertigte zuerst die Polizei ab, wandte sich dann an seine Tochter, zuckte mit den Achseln und meinte nur „Ich wünsche Dir einmal so eine Tochter, wie Du es bist!".

Und heute, 30 Jahre später, hat sie dieser Fluch eingeholt. Und gestern, so hörte ich, sagte meine Schwägerin zu ihrer Tochter folgenden Satz: „Ich wünsche Dir einmal so eine Tochter, wie Du es bist!".

Und damit wollen wir dann mal anfangen…

Kapitel 1

Ich habe mich mit meinen Eltern gut verstanden. Meine Schwester hatte da mehr Probleme. Sie war so eine „Höllentochter", wie die im Vorwort beschriebene Tochter der näheren Verwandtschaft.

Andererseits habe ich auch viele Dinge nie verstanden. Manches hat mich genervt. Und natürlich wollte ich immer alles besser machen als meine Eltern. So habe ich mir schon bei der Geburt unserer Kinder versprochen, die nachfolgenden Sätze niemals zu sagen:

- Setz Dich grade hin
- Zappel nicht so rum
- Sprich deutlich
- Ende!
- Hier wird nicht diskutiert, sondern gemacht, was ich sage
- Du sitzt zu nah am Fernseher!
- Gemüse ist gesund
- Du willst doch groß und stark werden, oder?
- Solange Du Deine Beine hier unter meinen Tisch hängst...

Bis auf den letzten Satz haben ich oder meine Frau all diese Sätze bereits gebraucht. Innerhalb von 6 Jahren. Ich bin so ein Versager. Naja, meine Frau auch.

(...und schon können Sie diese Erzählung gerne mit meiner Erlaubnis fortschreiben und selbst veröffentlichen...)

Wilhelm Krochus – Diktator und Gutmensch

Eine ganz persönliche Autobiografie

Vorwort

Ich wollte nie eine Autobiografie schreiben. Soll sich doch die Nachwelt ihre Meinung zu mir selbst bilden und etwas über mich schreiben. Habe ich immer gedacht. In den letzten Jahren hat sich meine Einstellung zu dem Thema allerdings geändert. Zwischenzeitlich gibt es schon drei Biografien zu meiner Person. Und – offen gesagt – so richtig gut weg komme ich in keiner.

Also meinte meine Frau Britney ich müsste selbst mal eine Biografie schreiben. Die Welt sollte auch meine Sicht kennen lernen. Ich habe lange mit mir gekämpft. Nächsten Monat werde ich immerhin 75 Jahre alt und wer weiß, wie lange ich noch habe? Also fange ich jetzt einfach mal an. In der Hoffnung, ich werde dieses Buch noch beenden. Sie werden es besser wissen.

Natürlich ist diese Biografie ziemlich einseitig geschrieben. Aus meiner Sicht und zu meinen Gunsten. Manches hätte ich sicher besser machen können. Aber nicht so viel. Wenn ich einmal vor unserem Schöpfer stehen werde, stelle ich mir ab und zu den folgenden Dialog vor:

Gott: „Wilhelm, da bist Du also. Warum meinst Du, dass Du hier bei mir richtig bist?"

Ich: „Bisher habe ich immer alles geschafft, was ich wollte. Und ich nahm immer an, ich würde in den Himmel kommen."

Gott: „Du meinst, das reicht?"

Ich: „Ja."

Ich denke schon, dass ich das sagen darf: Bisher habe ich immer alles geschafft, was ich mir vorgenommen hatte. Und ich denke, ich werde auch dieses Buch noch vollenden. Weil ich's will. Viel Spaß beim Lesen. Vielleicht sehen Sie mich ja danach ein bisschen anders. Besser.

War alles wirklich so einfach?

Diese Frage habe ich mir in den letzten Jahren selbst immer wieder gestellt. Britney und ich haben Abende damit zugebracht, darüber nachzudenken. Merkwürdigerweise hat sie mir niemals ein Journalist gestellt. Vielleicht, weil ich keinen Journalisten kenne, der nicht bereits mit einer vorgefertigten Meinung zu mir kam, um mich zu interviewen.

Ja, es war so einfach. Alles, was ich jemals geschafft und getan habe, entsprang nicht der harten Arbeit, wie es in der (ich darf bemerken: sicherlich schlechtesten) Biografie über mich bei Simmons nachzulesen ist, sondern dem Glück. Vielleicht eher: dem Zufall. Und vielleicht einem kleinen Anschubser, von woher auch immer der jeweils kam. Lassen Sie mich ein Beispiel nennen:

In meiner Studienzeit auf der Moskauer Universität für Physik und Technik traf ich eines Tages eine überaus nette, witzige und vor allem bildhübsche Assistentin des Institutsbereichs für Kristallographie. Susan war ihr Name. Sie kam eigentlich aus Perth, ich habe leider vergessen, was sie genau am Institut getan hat.

Nicht vergessen habe ich jedoch die zahlreichen Nächte, die wir gemeinsam in den verschiedenen gastlichen Gemäuern rund um die Universität und in der Altstadt zugebracht haben. Eines Abends jedenfalls hatten wir den Abend gemeinsam bis in den frühen Morgen verlängert. Mit einer Taxe fuhren wir nach Hause, Susan stieg zuerst aus und als ich bereits ebenfalls fast an meiner kleinen Unterkunft angekommen war, fiel mir auf, dass Susan ihre Handtasche im Taxi hatte liegen lassen. Wir drehten um und ich stieg aus, die Handtasche in der linken, eine Flasche Wein, die wir auf dem Rückweg noch organisiert hatten, in der anderen Hand.

Susan wohnte in einer kleinen Souterrain-Wohnung. Von außen konnte ich gut erkennen, dass das Licht noch brannte und so ging ich in freudiger Erwartung der vielleicht kommenden Ereignisse zur Tür. Offenbar hatte Susan vergessen, sie zu schließen, denn sie war nur angelehnt. So würde ich sie überraschen können. Ich öffnete die Tür behutsam, wurde dann allerdings selbst überrascht: Ich hörte Susan mit einem Mann sprechen. „Sprechen" ist nicht das richtige Wort. Offenbar ging es hinter der nächsten Tür weit mehr zur Sache. Und ich konnte nicht anders, als mich weiter hineinzuschleichen. Durch einen Spalt erkannte ich dann eine überaus skurrile Situation. Offenbar nahm der Mann, den ich schemenhaft erkennen konnte, die Rolle eines Hundes ein und Susan führte ihn am Halsband durch das Zimmer. Ich musste mich sehr zurück halten, nicht prustend vor Lachen ins Zimmer zu stürmen, schlich mich aber stattdessen wieder hinaus.

Allerdings war ich nun neugierig geworden und beschloss, der Sache auf den Grund zu gehen. Bewaffnet mit einer Kamera schlich ich mich nun mehrere Abende immer wieder zu Susans Wohnung und mehrfach hatte ich das Glück diese und weitere Szenen ähnlicher Natur aufzunehmen. Es waren tatsächlich Bilder der peinlichsten Art, die ich da auf meine Speicherkarte bannen konnte.

Sie sehen? Ein Zufall hatte mich dahin geführt. Eigentlich eine Frau. Eine schöne Frau zudem. So geschah es immer wieder. Zufall, Glück, Schicksal? Eine Antwort habe ich bis heute nicht. Ach ja: Ich hatte nicht erwähnt, dass ich die Bilder einigen Freunden und Bekannten anonym zukommen ließ. Sie haben sie an prädestinierten Stellen veröffentlicht. Das war sicherlich auch gut so. In der Folge stürzte schließlich der letzte russische Diktator, die Oppositionsbewegung bekam einen solchen Schub, dass sich das russische Machtgefüge innerhalb von nur fünf Jahren so weit europäisierte, dass an eine Rückkehr in alte Strukturen nicht mehr möglich wurde.

Susan habe ich danach leider nicht mehr gesehen. Sie kam in den Fotos aber auch gut weg. Putin als Hündchen dagegen eher nicht...

Nochmal also: War da eigentlich wirklich alles so einfach? Ja, so einfach war es. Ich hatte es schon erwähnt.

Ich habe Situationen genutzt, mir wurden Bälle zugespielt. Und ich habe Pässe vollendet.

Das ist vielleicht der wirkliche Pluspunkt, den ich mir zurechnen darf: Ich habe Pässe vollendet! Die meisten Menschen erkennen einen guten Pass nicht einmal. Und wenn sie ihn erkennen, hampeln sie so herum, dass der Ball im Aus landet, bestenfalls. Oder im eigenen Tor. Das ist mir nie passiert.

Natürlich halten mich dafür heute viele für arrogant, für einen hemmungslosen Rüpel, der seinen Weg ohne Rücksicht auf Verluste und Opfer gegangen ist. Bei Herschel heißt es sogar „Wilhelm Krochus hat es sexuell erregt, seine Opfer, ja sogar seine Weggefährten und Freunde, gnadenlos abzuschlachten. Seine Rücksichtslosigkeit sucht ihresgleichen, seine Grausamkeit – insbesondere die psychische – wird nur durch seine perverse Freude am Verderben anderer übertroffen."

Vielleicht werden Sie das ja etwas anders sehen als Herschel, nachdem Sie dieses Buch gelesen haben. Ich werde Ihnen meine Sicht auf die Dinge zeigen:

- Wie habe ich nach der Destabilisierung Russlands dafür gesorgt, dass sich Amerika und Russland dermaßen annähern konnten?
- Warum leben auf dem asiatischen Kontinent heutzutage so viele verschiedene Kulturen friedlich miteinander vereint?
- Was ist mit dem Dalai Lama wirklich geschehen?
- Wie genau kam es eigentlich zu der drastischen Verringerung des CO_2-Ausstosses, und vor allem warum geschah dies nahezu zeitgleich auf der gesamten Welt?
- Wie kam ich auf die Idee, die Lösung der Probleme Arbeitslosigkeit, Überbevölkerung und der Überalterung der westlichen Welt nur zugleich allumfassend angehen zu können?
- Und, und, und

Ich habe mir vorgenommen, die einzelnen Themen nach und nach in eigenen Kapiteln zu behandeln. Manches wird sie überraschen, anderes ist vielleicht weniger spektakulär. Auf jeden Fall werden Sie nach Lektüre dieser Biografie meine Beweggründe kennen. Sie können sie dann noch immer verurteilen.

Meine Jugend

Ich hatte ein gut versorgtes Leben. Die ersten Jahre muss ich recht wenig Kontakt zu anderen Kindern gehabt haben. Das änderte sich eigentlich erst nach vielleicht 6 Monaten in der Kita. Aber auch dann, blieb ich immer etwas außen vor. Meine Eltern legten viel Wert darauf, dass ich mich ordentlich benahm. Vernünftiges Deutsch gehörte dazu.

Manchmal erwische ich mich heute noch dabei, wie meine rechte Hand an meinen eigenen Nacken zuckt, wenn ich mal einen Satz nicht im besten Deutsch von mir gegeben habe. Ich erwarte immer noch den Nackenschlag meines Vaters, der mir bei solchen Gelegenheiten sofort in einer schnellen, von unten nach oben ausholenden Geste seine rechte Hand am Nacken bis oben am Hinterkopf drüber zog. Es tat nicht wirklich weh, aber es nervte.

Als ich 15 war, habe ich es zum ersten Mal geschafft, meine eigene Hand rechtzeitig dazwischen zu bringen und seine Hand festzuhalten, bevor er sie an meinem Hinterkopf langziehen konnte. Da war er überrascht. Aber nicht, weil er sich ärgerte. Offenbar hatte er schon drauf gewartet, dass mir das eines Tages endlich gelingen würde. Von da an hat er es auch nie wieder gemacht. Dennoch spüre ich den leichten Luftzug seiner Hand auch heute noch, manchmal.

In der Kita wurde ich von den Erzieherinnen deutlich freundlicher behandelt. Das lag sicherlich auch daran, dass meine Eltern das ein oder andere Kindergartenfest mit nicht unerheblichen Spenden gesponsort haben. Im ersten halben Jahr im Kindergarten wurde mir Selbstbewusstsein offenbar regelrecht eingetrichtert. So sagten es mir meine Eltern jedenfalls später. War ich die ersten sechs Monate noch sehr zurückhaltend, so trugen die Erzieherinnen und die Spenden meiner Eltern jedenfalls dazu bei, dass ich nach einem Jahr im Kindergarten nicht nur zu den beliebtesten Kindern innerhalb meiner Gruppe gehörte, sondern auch die Erzieherinnen der anderen Gruppen (es waren 4 Gruppen mit je etwa 30 Kindern in diesem Hort) meinen Namen kannten und wussten, wer ich bin.

Andererseits fühlte ich mich in der Kita von Beginn an unterfordert. Ich wollte nicht im Sandkasten spielen, sondern lieber die Bücher selbst verstehen, die man uns häufig genug vorgelesen hat. Es half mir, dass ich mich in meiner Position fast immer direkt neben die Erzieherin setzen konnte, die grade vorlas. So bekam ich mit, welche Worte was bedeuten und innerhalb kürzester Zeit soll ich in der Lage gewesen sein, erste Worte zu erkennen und dann im Laufe der Zeit auch den ein oder anderen Satz.

Die Nachmittage, an denen ich dann mit meiner Mutter zuhause war, nutzte ich dafür, um das weiter auszubauen. Wenn das Wetter es erlaubte, ließ es sich meine Mutter häufig auf der Dachterrasse gut gehen. Sie lag dann oft auf der Gartenlandschaft und ich konnte mich daneben kuscheln. Meist habe ich sie dann so lange genervt, bis sie mit mir die ausländischen Bücher erklärt hat, die sie häufig las. Englisch beherrschte ich in den Grundzügen damit schon, bevor ich eingeschult wurde. Französisch in Ansätzen. Russisch fand ich besonders lustig. Es machte mir einfach Spaß, die anderen Buchstaben zu lernen.

Kurz gesagt: Das letzte Kindergartenjahr musste ich nicht mehr absolvieren. Ich wurde frühzeitig eingeschult. Um genauer zu sein, wurde ich erst eingeschult, um dann nach einer Woche die erste Klasse zu überspringen. In der zweiten Klasse wurde ich natürlich gleich als eine Art Wunderkind angesehen. Und es fiel mir auch nicht schwer, hier mitzuhalten. Im Gegenteil schien mir der Stoff doch sehr ausführlich vorgetragen. Elendig lange Wiederholungen verführten mich schnell dazu, albern zu werden. Die Lehrer waren schnell genervt von mir, andererseits konnte sie an meinen Noten nicht rummäkeln.

Ich bleib immerhin ein halbes Jahr in der 2. Klasse, um dann zum Halbjahresende wieder zu springen. Schon wieder hatte ich ein Jahr aufzuholen. Das war nicht ganz so schlimm, aber in der Klasse war ich nun 3 Jahre jünger als die anderen Schüler. Ganze 7 Jahre, während die anderen 9 oder 10 waren. Andererseits hatte es die Natur gut mit meinem Körper gemeint. Ich war nahezu gleich groß, wie die anderen Kinder. Ein paar Jungs, die noch ein paar Zentimeter mehr drauf hatten, wollten dies allerdings dann doch nicht einfach mitmachen und begannen, mich körperlich zu bedrängen. Nachdem meine Eltern das mitbekommen hatten, begann ich nachmittags neben dem Musikunterricht, dem Tennis- und Golfunterricht noch Karate zu erlernen. Nach 3 Monaten war es kein Thema mehr, dass die größeren Jungs der Klasse meinten, sie könnten sich mit mir anlegen.

Ich will den Rest meiner schulischen Laufbahn kurz zusammenfassen: Nach der 8. Klasse und 2 weiteren Sprüngen landete ich auf einem Internat für Hochbegabte, machte mein Abitur in Rekordzeit, um schließlich mit 15 Jahren an verschiedenen Universitäten in Deutschland, den USA und England Abschlüsse in Jura, Philosophie und Wirtschaft zu erlangen. Mit 21 Jahren war ich jedenfalls zurück in Deutschland, umworben von einigen namhaften Unternehmen, aber unsicher, was ich jetzt wirklich machen wollte.

Meine Eltern waren nun Mitte 50 und hatten es sich leisten können, frühzeitig in den Ruhestand zu gehen. Sie lebten zwischenzeitlich auf Sylt, da das Klima hier das ganze Jahr über relativ mediterran war. Sie hatten sich ein kleines Häuschen gekauft und verbrachten viel Zeit mit dem der Ausrichtung caritativer Veranstaltungen oder der Organisation erstklassiger Konzerte.

Ich bemerke soeben, dass ich gut 2 Jahrzehnte meines Lebens doch in einer Art Schnelldurchlauf vorgestellt habe. Sie, geneigter Leser, werden sich vielleicht fragen, ob denn während meiner Zeit in England und den Vereinigten Staaten keine interessanten Entwicklungen berichtenswert waren. Und Sie haben natürlich Recht.

2) Wilhelm in Amerika

Meine Zeit in Amerika war grundlegend prägend. Mit 19 Jahren und Abschlüssen in Jura (Deutschland) und Philosophie (England) im

Gepäck entschied ich mich für ein Studium der Technologie- und Wirtschaftswissenschaften in Massachuchets. Ich hatte die Auswahl, aber – nun muss ich es zugeben – es zog mich aus einem bestimmten Grund genau an diese Universität.

Der Grund war (natürlich) weiblicher Natur. Ein Grund, den ich im Laufe meines weiteren Lebens immer wieder als einen der wichtigsten begreifen lernen sollte, ja, als einen, der meinem Leben (und damit das von vielen Milliarden anderer Menschen) neue Wege gewiesen hat.

Veronique war väterlicherseits Französin und lebte in Boston. Ich hatte sie während eines Kurztrips nach New York kennengelernt. New York lag damals noch größtenteils in Schutt und Asche, aber war immer noch ein Anziehungspunkt für Terrortouristen und mein damaliger bester Freund und Mitstudent Andreas hatte mich dazu überredet, ein studienfreies Wochenende dort bei einer Bekannten zu verbringen.

Veronique war eine Mitbewohnerin dieser Freundin und öffnete uns die Tür. Ich war sofort wie vom Blitz getroffen und brachte auf ihr „Hallo, Willkommen" nicht mehr, als ein „Danke" heraus, um dann vor der Tür stehen zu bleiben, bis sie mich an einem Arm packte und in die Wohnung zog.

...

Wie die russisch-amerikanische Freundschaft entstand

Nachdem ich meine Studien in Moskau beendet hatte (eigentlich habe ich sie abgebrochen, als diese kolossalen Änderungen in Sachen Machtwechsel begannen), zog es mich nach New York. Eine Cousine meiner Mutter war vor einiger Zeit aus beruflichen Gründen dorthin gezogen und hatte mir eine Arbeitserlaubnis besorgt. Nicht nur das. Sie hatte mir zudem eine Stelle als Anwaltsgehilfe in einer nicht unbekannten Anwaltskanzlei besorgt. Hier sollte ich vor allem Recherchen durchführen für die renommierten Anwälte der Kanzlei.

Ich muss hier einen kleinen Einschub niederschreiben. Bereits vor meiner Moskauer Studienzeit war ich bereits in England und Amerika zu Auslandsstudien gewesen. Das war direkt, nachdem ich in Deutschland meine Doktorarbeiten in Mathematik, Physik und Philosophie veröffentlicht hatte.

Ich gehörte damals mit 19 Jahren zum Kreis der jüngsten Doktoranden Deutschlands und so waren Offerten aus England und Amerika damals nicht ungewöhnlich.

(...und schon können Sie diese Erzählung gerne mit meiner Erlaubnis fortschreiben und selbst veröffentlichen...)

Überraschung 2 - Begegnungen

Es ist Montag und er musste langsam los zur Arbeit. Eigentlich war ihm bewusst, dass er erst hätte frühstücken sollen, aber er hatte noch keinen Hunger. Er hatte selten vor 9 Uhr Hunger. Um 9 Uhr war Frühstückspause. Da trafen sich immer alle in der kleinen Kantine. Es gab frischen Kaffee, Hermann brachte meist ein Leberwurstbrot zu viel mit und Elisabeth gab ihm immer sein Käsebrötchen mit, dazu ein frisches Ei und etwas Obst. Um 9 Uhr hatte er immer Hunger.

Jetzt jedenfalls hatte er noch keinen Hunger und machte sich erst einmal im Bad etwas frisch. Die Haare waren noch immer recht voll und er musste sie jeden Morgen waschen, um nicht wie ein Clown auszusehen. Waschen und rasieren ging schnell, es waren nicht nur Gewohnheiten, es waren unterbewusste Rituale. Meist stand er plötzlich frisch gepflegt vor dem Spiegel und hatte gar nicht mitbekommen, dass er diese Gewohnheiten wieder einmal durchgespielt hatte. Im Schrank wählte er eines der hellgrauen Hemden, eine unauffällige Krawatte, eine dunkle Hose, sein Lieblingssacko und zelebrierte das Ankleiden vor dem Spiegel an der Tür. Wie immer saß der Doppelknoten perfekt schon beim ersten Versuch. Das Hemd war etwas knautschig. Er nahm sich vor, Elisabeth zu sagen, sie möge beim Bügeln der Hemden etwas sorgfältiger sein.

„Elisabeth", er schweifte etwas ab. Wo war sie grade? Schlief sie noch? Er wollte sie nicht wecken. Sie würde ihn abends mit einem warmen Abendessen erwarten. Der Esstisch würde wieder besonders freundlich gedeckt sein, eine Kerze würde brennen. Auf dem Tisch werden zwei Schüsseln stehen, eine mit Nudeln oder Kartoffeln, die andere mit Gemüse. Vielleicht würde sie heute Abend mit dem großen silbernen Löffel wieder Blumenkohl oder Rosenkohl auf seinen Teller schaufeln. Nur sie konnte das so kochen, wie er es mochte. Und dann wird sie ihm ein schönes Stück Fleisch danebenlegen, eine große Ladung selbstgemachter Soße obendrauf. Fast konnte er den Geruch des saftigen Fleischs, die heißen Kartoffeln und den heimischen Garten, in dem das Gemüse wuchs, riechen, als er sich zusammenriss. „Erst die Arbeit, dann das Vergnügen." Er lachte einmal kurz auf. Ja, dieser Spruch verfolgte ihn schon seit seiner Jugend. Es war der Spruch seines Vaters und es wurde sein Spruch. Und es hatte ihm nicht geschadet, sich daran zu halten.

Seine graublauen Augen zuckten, blinzelten einmal kräftig und brachten ihn zurück in die Gegenwart. Die Kleidung saß nahezu perfekt. Etwas abgenutzt schien ihm das Sacko und etwas grau die dunkle Hose. Vielleicht müssten sie doch wieder einmal einkaufen gehen und einen neuen Anzug kaufen. Aber er war so weit. Ein Blick auf die Armbanduhr zeigte ihm, dass er im Zeitplan lag. So schaute er

sich noch einmal um, löschte dann das Licht, flüsterte noch ein „Schlaf noch schön, meine Liebe. Wir sehen uns heute Abend" und schloss dann die Tür hinter sich.

Es war ein schöner Morgen. Der Sommer schien noch einmal seine schönste Seite zeigen zu wollen, bevor er vom Herbst eingefangen werden würde. Aus dem Haus heraus und rechtsherum die Straße entlang. Er war sein ganzes Leben lang immer zur Arbeit gelaufen. Es tat ihm gut und es war ja auch nicht weit. Er atmete die morgendlich kühlen Sonnenstrahlen tief in seine Lungen und setzte Schritt für Schritt. Seine Schritte waren im Laufe der Jahre kürzer geworden. Einmal hatte er sich den Spaß gemacht, zu zählen, wie viel Schritte es bis zum Büro waren. Er wusste die Zahl nicht mehr. Jetzt waren es auf jeden Fall mehr als früher. Nun, er lag gut in der Zeit. Seine treue Armbanduhr (ein Geschenk von Elisabeth zu ihrer Silberhochzeit) leistete ihren Dienst genauso gut, wie er selbst. Man konnte sich auf ihn verlassen. Und er konnte sich auf seine Uhr verlassen.

Da hinten links abbiegen und dann an der Bushaltestelle wieder rechts. Am Kiosk hielt er kurz an. Asgan, der Kioskbesitzer, wünschte ihm einen Guten Morgen: „So früh schon unterwegs heute?" Er nickte kurz und lächelte freundlich zurück: „Die Zeit bleibt nicht stehen." Er blieb nicht stehen und setzte weiter Fuß vor Fuß, bog an der Bushaltestelle ab und hing dabei seinen Gedanken nach.

***

Ich hatte mich ziemlich geärgert. Schon wieder. Es ist grade Montagmittag und eigentlich war ich schon wieder auf 180. Ich hasste diese Montagsmeetings. Sie zeigten jedes Mal wieder, wie schlecht wir organisiert sind. Und jedes Mal rege ich mich wieder darüber auf, dass ein Auftrag wieder nicht so weit vorangetrieben worden ist, wie wir es geplant hatten. Und wieder muss ich auf dem Rückweg einen Kunden anrufen und beruhigen. Ich hasse Montage.

Das beginnt schon damit, dass ich eine Stunde früher aufstehen muss, um zu unserer Zentrale in Bad Oeynhausen zu fahren und dann rechtzeitig um 9 Uhr zum Meetingsbeginn vor Ort zu sein. Normalerweise reicht es, wenn ich um 8 Uhr aufstehe und dann erst einmal irgendwo schön gemütlich zum Frühstück fahre. Montags muss ich eine Stunde früher raus und das bedeutet, dass ich mir nicht aussuchen kann, wo ich frühstücke. Es hat nur ein Bäcker dann offen auf dem Weg, bei dem man frühstücken kann. Nun, es ist okay, aber es gibt bessere Möglichkeiten. Eine Stunde später.

Auch das Meeting heute war wieder einmal für den Arsch. Dann kam noch hinzu, dass es weitere Themen zu besprechen gab, die mich nun sogar davon abhielten, wenigstens vernünftig Mittag zu essen. Also heute kein Mittagessen, sondern nur Brot am Nachmittag. Der Tag ist tatsächlich gelaufen. Um 13 Uhr schaffe ich es endlich, die Zentrale zu verlassen und mache mich auf den einstündigen Rückweg. Meist lege ich mir noch einen Kundentermin auf den Nachmittag. Heute hatte sich nichts ergeben. So habe ich immerhin Zeit und muss nicht mit 180 Sachen auf der Autobahn zurück rasen. Ich lasse mir Zeit. Der USB-Stick spielt meine Lieblingsmusik und so langsam komme ich wieder runter. Mit 150 km/h passiert es zudem seltener, dass einem irgendein Idiot plötzlich von rechts vor die Nase zieht und man abrupt bremsen muss. Eigentlich ist die Rückfahrt heute eine echte Erholung. Nur die Zigaretten sind mir ausgegangen. Ich beschließe, beim nächsten Parkplatz anzuhalten. Im Kofferraum sollte noch ein Päckchen sein.

***

Die Feier zu seinem Firmenjubiläum fiel ihm ein. Das war eine wirklich nette Feier gewesen. Er wusste nicht mehr genau, wann das war. Frau Steffen hatte eine schöne Rede gehalten. Ein großes Buffet war aufgebaut. Er erinnerte sich noch an den schweren Präsentkorb mit allen möglichen Leckereien drin. Alle Kollegen waren dageblieben und alle hatten ihm gratuliert und alles Gute gewünscht. Der höchste Chef, wie hieß er nochmal, hatte ihm mit einem festen Händedruck eine persönlich unterschriebene Urkunde überreicht und ihm auch alles Gute gewünscht. Erst am frühen Abend verließen die letzten Kollegen die Feier. Er hatte sich ein Taxi bestellen müssen, weil er den Präsentkorb und die anderen Geschenke nicht nach Hause tragen konnte. Und noch am gleichen Abend hatte er die Urkunde samt Rahmen im Wohnzimmer an der Wand befestigt. Er merkte, wie bei der Erinnerung eine Träne langsam seine linke Wange herunterlief. Warum eigentlich, fragte er sich, und wischte sich die Träne schnell mit einer flüchtigen Handbewegung aus dem Gesicht. „Komisch." Er schaute sich um. Das war nicht mehr der Weg zum Büro. Er ging an einem Flussufer entlang. Hatte er in Gedanken tatsächlich eine Abbiegung verpasst? Es ist nicht so schlimm, wenn ich mal nicht ganz pünktlich bin, ging ihm durch den Kopf. Er würde einfach den Weg weiter gehen und bei nächster Gelegenheit eine Gaststätte oder Telefonzelle aufsuchen und den Kollegen Bescheid geben, dass es etwas später würde.

Hermann hatte ihm auf der Feier einen Gutschein geschenkt über „100 weitere Butterbrote mit Leberwurst. Abzuholen, wann immer du willst." Hermann war stolz darauf gewesen, dass er den Gutschein alleine an seinem Computer erstellt hatte und er hatte sich wirklich über Hermanns Gutschein gefreut. Jetzt könnte er so ein Leberwurstbrot brauchen. Er verspürte Hunger. Er blieb kurz stehen. Wo war seine Tasche mit dem Frühstück? Er fuhr mit den Händen in die Jacken- und Hosentaschen. Nichts. Hatte er das Frühstück tatsächlich irgendwo liegen lassen? Oder hatte er es gar nicht mitgenommen. Jedenfalls hatte er Hunger. Er würde sich bei der nächsten Gelegenheit etwas kaufen. Er blickte sich erneut um. Ja, da hinten, vielleicht 500 Meter weit weg, da schien rechts neben dem Weg ein größeres Haus zu sein, vielleicht ein Hotel oder eine Gaststätte. Er ging einfach weiter.

***

Ja, im Kofferraum waren tatsächlich noch Zigaretten. Ich hatte auf einem kleinen Parkplatz gehalten und mir die Schachtel aus dem Kofferraum geholt. Es standen einige Wagen auf dem Parkplatz. Und die Sonne schien noch einmal herrlich auf meinen Wagen. Ich öffnete das Panoramadach und zog erst einmal die frische, schon nach Herbst duftende Sommerluft ein, bevor ich mir eine Zigarette anzündete. Irgendwie machte mich das Wetter etwas müde und ich beschloss – schließlich hatte ich jetzt keinen weiteren Termin und war eine Stunde zu früh unterwegs gewesen – mich nach der Zigarette einfach eine halbe Stunde im Wagen nach hinten zu legen und etwas zu dösen. Zur Sicherheit stellte ich mir mein Handy, warf die abgebrannte Zigarette aus dem Wagenfenster, verschloss die Wagentüren und lehnte mich gemütlich zurück. Es dauerte keine 5 Minuten und ich war weggenickt.

***

Das Haus stand am Ende eines Hanges, der vom Flussweg nach rechts oben über eine ziemlich steile Wiese führte. Er hatte jetzt wirklich Hunger und ein anderes Gefühl machte sich breit, das er nicht zuordnen konnte. Er hatte Mühe, den Hang zu erklimmen und rutschte auf halbem Weg aus, fiel auf beide Knie. Grünbraune, nasse Flecken zeichneten sich auf der dunklen Hose ab, die Schuhe waren verdreckt. Er hielt an, um sich abzuklopfen und die Schuhe so gut es ging, vom Dreck zu befreien. Dann ein weiterer Versuch. Es dauerte. Er brauchte 15 Minuten, um den doch steilen Hang zu erklimmen, aber jetzt wusste er, was er da gesehen hatte. Das war ganz offensichtlich eine Art Hotel. Unwillkürlich griff er zu seinem Portmonee in der Hosentasche, stellte aber fest, dass es dort nicht war. Hatte er das auch verloren? Oder vergessen? Ohne Geld würde er sich nichts zu essen kaufen können. Er setzte sich auf eine Parkbank, die direkt neben dem Haus stand und musste sich erst einmal erholen. Er hatte Hunger. Starken Hunger jetzt. Und er brauchte Geld. Wie viel würde er brauchen für einen Kaffee und ein belegtes Brötchen? Vielleicht 3, 4 Euro? Er traute sich nicht, ohne Geld in das Haus zu gehen und stütze, noch immer schwerer atmend, sein Gesicht in seine Hände. Er war müde. Er war zu lange gelaufen. Wie lange war er eigentlich gelaufen? Wo genau war er eigentlich? Wie würde er an etwas Geld kommen? Er könnte vielleicht jemanden fragen. Er sah sich um. Hier standen ein paar Autos. Sicher würde jemand seine Situation verstehen.

Er zögerte. Sollte er wirklich einen Fremden um Geld anbetteln? Nein, das wollte er nicht. Sein Blick fiel auf den Mülleimer neben der Parkbank. Der Mülleimer war ziemlich voll und ganz oben steckten zwei kleine Colaflaschen. Das hatte er nie verstanden. Er hatte im Büro viel mit Getränken zu tun. Und immer wieder hatte er sich geärgert, wenn seine Kollegen achtlos Flaschen wegwarfen. Jede Flasche musste doch wieder zurückgegeben werden. Man bekam Pfand für jede Flasche. 25 Cent waren es zuletzt. Schon sein Vater hatte ihm beigebracht, dass man den Pfennig zu ehren hat. Und so griff er fast unwillkürlich die beiden Flaschen und steckte sie in seine Jackentasche. Erst dann realisierte er, dass das 50 Cent waren. Die könnte er abgeben und noch zwei weitere und er könnte sich wohl schon einen Kaffee leisten.

Er schaute sich wieder um. Hier waren noch einige Mülleimer. Beherzt ging er wenige Meter weiter und auch dort lag eine Flasche. Ein Mülleimer weiter und er hatte beide Jackentaschen voll. Er ging weiter und als er die Mülleimer alle einmal durchhatte, gehörten ihm schon 2,50 Euro. Aber da waren keine Mülleimer mehr. Er hatte Hunger und erst jetzt realisierte er, dass das Haus hinter ihm eine Raststätte war. Er lenkte seine Schritte hinein. Die Bedienung hinter der Theke begrüßte ihn und er reichte ihr nach und nach die Flaschen aus seinen Taschen. „Auszahlen"? „Nein, geben Sie mir bitte ein belegtes Brötchen dafür." Er ließ es nicht einpacken, sondern nahm es und ging hinaus, setzte sich wieder auf die Bank und biss in das Brötchen. Es war kein Leberwurstbrötchen, aber er mochte auch Salami. Und Salat war auch mit dabei. Er hatte Hunger und das Brötchen schmeckte ihm. „Jetzt noch einen Kaffee und dann muss ich aber ins Büro".

Wieder schaute er sich um. Alle Mülleimer waren von ihm schon durchsucht worden. Er ging einfach zu einem Wagen, der nur 5 Meter von ihm entfernt parkte.

***

Ich schreckte auf, als jemand an meinem Wagenfenster klopfte. Ich war grade erst weggenickt und musste erst einmal kurz realisieren, wo ich war. Am Fenster klopfte derweil ein älterer Herr und gab mir Zeichen, das Fenster herunterzukurbeln. Jetzt war ich wach und drehte den Zündschlüssel, um das Fenster runterzufahren. Vor mir stand ein freundlicher, älterer Mann, vielleicht um die 70. Er war etwas nachlässig gekleidet. Aber im Anzug. Mit Krawatte. Man sah der Kleidung an, dass sie schon einige Jahre benutzt worden war, aber insgesamt machte der „Opa", wie ich ihn sofort für mich nannte, einen guten Eindruck. Offenbar kein Penner, der hier übernachtet, dachte ich noch, als der Herr auch schon fragte: „Haben Sie vielleicht leere Flaschen im Auto?"

Ich war erst überrascht und musste tatsächlich nachdenken. Ich hatte nicht damit gerechnet, dass dieser so freundlich wirkende Herr mich nach leeren Flaschen fragen würde. Aber ich fühlte mich auch nicht belästigt. Ich überlegte kurz und sah mich im Auto um. Nein, da waren keine leeren Flaschen. „Tut mir leid, aber ich habe tatsächlich nur volle Flaschen im Kofferraum." Opa sah mich mit einem freundlichen Lächeln an: „Nun, dann ist es auch gut. Und denken Sie daran, dass die Flaschen Pfand haben." Er drehte sich um und ging.

Ich war noch immer etwas verwirrt. Ich sah ihm hinterher. Er war tatsächlich recht gut angezogen und auch sein Gang wirkte nicht, wie der irgendeines Penners, der auf dem Parkplatz um Geld betteln würde. Irgendwie passte beides nicht zusammen. Dann sah ich, wie er zum nächsten Wagen ging und dort ebenfalls abgewiesen wurde. Er ging weiter zu einem Mülleimer, öffnete den Deckel und schaute offenbar nach leeren Flaschen, war aber ebenso erfolglos, wie zuvor am Auto. Sein Verhalten passte einfach irgendwie nicht zu seinem Aussehen und auch sein Benehmen schien mir nicht dazu zu passen. Andererseits war ich nun wieder wach und hatte ja wirklich keine Flaschen im Auto. Sollte ich ihm eine volle Flasche geben? Er sah so freundlich aus, etwas müde vielleicht, die Zeit hatte offenbar seine Spuren an ihm hinterlassen. Ich wischte die Gedanken weg. „Ab nach Hause." Ich startete den Motor und setzte zurück, aber irgendetwas hielt mich zurück. Das war kein „Penner". Das war irgendwie eine verlorene Seele. Ich konnte nicht losfahren und hielt stattdessen noch einmal parallel zu ihm und öffnete das Beifahrerfenster. Ich würde ihm 5 Euro geben. Dann müsste er nicht weiter in irgendwelchen Mülleimern nach Flaschen suchen. Das passte einfach nicht zu ihm.

Ich öffnete mein Portemonnaie, um einen 5-Euro-Schein rauszuholen. Ich hatte nur 10 Euro. „Okay, das ist zu viel: Dann eben doch nicht.", war mein erster Gedanke, aber irgendetwas hielt mich fest. Ich hatte noch einen 50-Euro-Schein zusätzlich im Geldfach. Damit würde ich an dem Tag problemlos auskommen. Was solls. Ich hatte noch nie einem Bettler 10 Euro gegeben, aber das hier war kein Bettler. Das war jemand. Zumindest war er einmal jemand gewesen. Ich rief ein „Hallo" aus dem Fenster, musste es aber dreimal lauter wiederholen, bevor der Mann sich zu mir umdrehte und zum offenen Fenster kam: „Verzeihung, aber ich höre nicht mehr so gut." Ich drückte ihm den 10-Euro-Schein in die Hand: „Dann müssen Sie heute nicht mehr nach

Flaschen suchen." Das Gesicht des Opas zeigte keine Reaktion, aber sein „Vielen Dank" reichte mir bereits. Er schob den Schein relativ achtlos in seine Hosentasche und während ich den Wagen wieder startete, sah ich im Rückspiegel, wie er sich umdrehte und mit kleinen, langsamen Schritten zu einer Bank ging.

***

Das Brötchen hatte ihm gutgetan. Aber irgendwie füllte da noch ein anderes Gefühl seinen Körper nach und nach mehr aus. Die Lust auf Kaffee war ihm vergangen, obwohl er grade sogar Geld von einem Autofahrer bekommen hatte. Er hatte es in seine Hosentasche gesteckt. Er ging zur Bank zurück und setzte sich erst einmal. Vielleicht sollte er sich erst einmal etwas ausruhen.

***

Ich war beeindruckt, beeindruckt von mir selbst. Es ging mir gut. Jeder Ärger des Vormittags war verflogen. Ich war mir sicher, dass ich grade etwas wirklich Gutes getan hatte. Der Mann war sicher kein Penner. Vielleicht hatte er nur etwas Pech gehabt. Und mit meinem 10 Euro hatte ich ganz sicher dafür gesorgt, dass er an diesem Tag keine Mülltonnen mehr würde durchsuchen müssen! Das passte auch nicht zu ihm. Ich fühlte mich richtig gut und die restliche Rückfahrt war sehr angenehm. Meine Gedanken kehrten immer wieder zu diesem Opa zurück. Vielleicht hätte ich ihn sogar fragen sollen, ob er nach Hause gebracht werden wollte? Ich war kurz drauf und dran, die nächste Ausfahrt zu nehmen und zurückzukehren und ihn dann einfach zu fragen, aber anderseits... Mit 10 Euro würde er sich etwas zu Essen kaufen können und sein Tag würde sicherlich nicht mit dem Durchwühlen von Mülltonnen weitergehen. Ihm würde es gut gehen, mir ging es gut. Auf nach Hause.

Ich schlief diese Nacht sehr gut. An „meinen Opa" musste ich noch mehrere Male denken und auch am nächsten Morgen begann ich meine Arbeit in einem sehr guten Gefühl.

* * *

Mittagspause. Ich hatte viel geschafft. Der Dienstagvormittag war wie im Flug vergangen. Ich gönnte mir eine kleine Auszeit, um meine Emails und Facebook zu checken. Da stand es auf der Startseite: „Die Polizei bittet um Mithilfe. Der 76jährige Werner G. wird seit Montag früh vermisst. Herr G. hat das Altenheim Vlotho vor dem Frühstück verlassen und wurde seitdem nicht mehr gesehen. Herr G. ist auf tägliche Medikamente angewiesen. Hinweise an die Polizei Vlotho." Daneben das Bild meines Opas. Ich war mir sofort absolut sicher. Ich rief die Polizei an und berichtete, dass ich genau diesen Mann tags zuvor am Rastplatz Herford gesehen und mit ihm gesprochen hatte. Man würde ihn sicherlich nun finden, dachte ich.

* * *

Es war dunkel geworden. Werner war den ganzen Tag zur Arbeit gegangen, dann hatte er sich auf einer Parkbank etwas ausgeruht. Er war wohl eingenickt, denn es war kühler, als er aufwachte. Die Lichter auf dem Parkplatz waren eingeschaltet worden. Er hatte wieder Hunger und irgendetwas hämmerte in seinem Kopf. „Du musst nach Hause. Elisabeth wird schon mit dem Essen auf Dich warten. Vielleicht gibt es Rosenkohl heute. Ja, Rosenkohl wäre gut jetzt."

Er stand auf und ging zurück zum Fluss. Er müsste nur dem Fluss zurück folgen und dann würde er bald bei Elisabeth sein. Elisabeth würde ihn anlächeln, eine Schüssel Kartoffeln auf den Tisch stellen und ihn fragen, wie sein Tag gewesen wäre. Er würde zugeben müssen, dass er gar nicht Arbeiten war, sondern nur ein wenig durch die Gegend gegangen wäre. Sie würde ihn etwas schelten und dann ein schönes Stück Fleisch auf seinen Teller packen und mit einem großen Löffel etwas dunkle Soße darüber schütten.

Der Hang war steil und rutschig. Er stolperte und stürzte, konnte sich nicht mehr halten. Er rollte den Hang hinunter, schlug hart auf den kleinen Fußweg auf, rollte weiter. Die Hose zerriss am Knie, das Sacko wühlte sich in die kalte Wiese.

***

Mittwochmorgen. Ich war wieder normal aufgestanden. 8 Uhr. „Heute gehe ich zum besten Bäcker." Noch einmal hatte sich die Sonne gegen den beginnenden Herbst durchgesetzt und ich setzte mich draußen an einen Tisch und genoss das erste Brötchen und den ersten Schluck Kaffee, während ich die Zeitung durchblätterte.

Seite 5, Regionales: „Am Dienstagabend wurde der vermisste 76jährige Werner G. von Passanten tot in der Ems gefunden. Die Pflegeleitung des Altenheims Vlotho teilte mit, dass er am Freitag neben seiner vor 5 Jahren verstorbenen Frau Elisabeth G. um 11 Uhr auf dem Westfriedhof begraben werde. Offenbar hatte Werner G. seine Medikamente nicht eingenommen und war dadurch geschwächt gestürzt und schließlich im Fluss ertrunken."

(Und noch eine Kurzgeschichte, die darum bettelt, zu einem Roman zu werden)

Alt

Opa Helmut sitzt im Essensraum des Seniorenheims Schrieweshof. Wie jedes Mal erzählt er auch jetzt beim Essen von seinen Erlebnissen im Krieg: "Damals im Krieg, da ham wa immer nur Wasser und Brot gehabt und beschwert hat sich keiner!"

Die Pflegerin, der Helmuts Kriegsgeschichten bereits bekannt sind kommt auf ihn zu: "Jaja Herr Schmidt, aber haben Sie denn heute schon Ihre Tabletten genommen?"

„Nein! Und die nehme ich auch nicht mehr. Damals im Krieg, da habe ich auch keine Tabletten gehabt!" "Wir sind aber nicht im Krieg, Herr Schmidt!" "Noch nicht!" "Ja, dann nehmen Sie Ihre Tabletten, dann erleben Sie vielleicht ja noch den nächsten Krieg mit."

"Frechheit! Wissen Sie eigentlich wer ich bin?! Oberleitmann Schmidt, dritte Kompanie! Und jetzt überlegen Sie sich nochmal, was Sie da eben gesagt haben. Hier wird man ja schlechter behandelt als in den 2 Jahren russischer Gefangenschaft!" Empört steht Helmut auf und geht in sein Zimmer. Als er dort ankommt denkt er nach: "3 Jahre dem Land im Krieg treu gedient und als Dank wird man hierher abgeschoben und behandelt wie der letzte Dreck! Ich werde ausbrechen! Das steht fest! Zurück in den Krieg!"

Opa Harry und Oma Gudrun sitzen im Aufenthaltsraum desselben Altersheims und spielen Karten... Das heißt Harry spielt allein Karten, da Gudrun wie eigentlich jedes Mal wieder eigeschlafen ist. "Gudrun! Gudrun, du bist an der Reihe! Jetzt ist sie schon wieder eingeschlafen..."

Eine Pflegerin setzt sich zu Harry: "Herr Meier, Sie wissen doch, dass die Frau Kruse nur schläft. Was haben Sie denn für ein Blatt?" "Full House!" "Herr Meier, Sie spielen Rommey!" „Rommey? Wissen Sie damals als ich mit meinen Enkeln im Disneyland war, da ham wa auch immer nur Rommey gespielt."

"Herr Meier, Sie haben auch keine Enkelkinder." "Ja, wir hatten immer viel Spaß zusammen. Wir ham uns als... hier...wie heißt das noch... Prinzessinnen verkleidet und Fotos ham wa auch..."

Schlagartig hört Harry auf zu reden und starrt die Pflegerin mit verwirrtem Blick an.

"Herr Meier? Ist alles in Ordnung?" "Wer sind Sie?"

Gudrun erwacht aus ihrem Schlaf und brüllt durch den ganzen Raum den Namen ihres verstorbenen Mannes: "Herbert! Herbert! Wo bist du denn?" Kurz darauf nickt sie wieder ein. Daraufhin steht Harry auf und schiebt den Rollstuhl samt Gudrun in den Flur zu einer Pflegerin: "Habe Sie zufällig den Herbert gesehen?"

Lächelnd wendet sich die Pflegerin an Harry: "Nein, lieber Herr Meier, Herbert ist da draußen."

Die Pflegerin zeigt durch ein Fenster in den Himmel. Danach geht sie weiter den Flur entlang. Im nächsten Moment sieht Harry Helmut aus dem Fenster steigen und plötzlich kommt ihm eine Idee.

Ute kann ihren Augen nicht trauen: 2 verwirrte Senioren versuchen aus dem Altersheim zu fliehen. Harry und vor sich schiebend im Rollstuhl Gudrun, das konnte nicht gut gehen. Sie hätte einen Pfleger Bescheid sagen können, das hieße dann allerdings Demenzstation oder wie man es hier nennt "Regenbogenparadies" für beide. Das konnte sie ihnen nicht antun. Nun liegt es an ihr, sie wieder zurückzuholen. Sie legt ihr Biografie über Napoleon Bonaparte an die Seite, zieht sich ein Jäckchen über und rennt zur Tür. Dort wird sie von einer Pflegerin aufgehalten: " Wohin des Weges Frau Müller?"

"Ähh ich wollte Ihnen nur Bescheid geben, dass der Herr Gabriel Ihre Hilfe benötigt." "Frau Müller, Sie wissen schon, dass der Herr Gabriel vor 2 Tagen verstorben ist?!" "Ja, natürlich weiß ich das! Ich meinte selbstverständlich seinen Mitbewohner. Ach Gott, ich verwechsle die beiden immer." "Na gut, dann geh ich mal nachschauen."

Nun macht sich auch Ute auf den Weg nach draußen, doch die beiden Senioren waren verschwunden:

"Dann muss ich die beiden wohl suchen gehen. Weit können sie ja nicht gekommen sein."

Harry und Gudrun sind frei! "So Gudrun, wir haben's geschafft! Hier trennen sich unsere Wege. Jetzt kannst du zum Herbert. Also ich mach mich jetzt auf den Weg ins Disneyland und du Gudrun? Gudrun? Schon wieder eingeschlafen... Naja, ich muss jetzt los." Harry lässt Gudrun auf der Straße stehen und macht sich auf den Weg, als plötzlich Ute angerannt kommt: "Stopp! Stehen bleiben!"

Harry zuckt zusammen. Verwirrt dreht er sich um und sieht Ute, wie sie keuchend auf ihn und Gudrun zukommt: "Du spinnst doch wohl! Was machst du hier? Du kannst doch nicht einfach abhauen und vor allem nicht mit Gudrun..."

Harry setzt an etwas zu seiner Verteidigung zu sagen, doch er kommt nicht dazu, da Ute ununterbrochen weiter schimpft. Nach einer lagen

Moralpredigt ist sie dann endlich fertig. Für kurze Zeit Bleibt alles still, dann erhebt Harry seinen Kopf und guckt Ute mit Tränen in den Augen an: "Aber wie hätt ich denn sonst nach Disneyland kommen sollen?"

"Schon gut! Jetzt aber schnell wieder zurück, bevor die Pfleger etwas merken!"

"Und Helmut?"

"Wie Helmut? Sag nicht, der ist auch..." "Pfutsch! Weg ist der Helmut." "Mist! Denk nach Ute, wohin könnte er gegangen sein? Denk nach, denk nach... Soldatenheim!"

Nachdem sich Ute bei einem Freund, Nähe des Altersheims ein Auto geliehen hat, fahren die drei Rentner nun durch die Senne in Richtung Soldatenheim. Mitten im Wald beginnt Harry zu sprechen: "Wo sind denn die ganzen Rehe hin? Ich erinner mich noch: Damals hab ich mit meinen Enkeln immer welche geschossen... Der Oli, der hat nie getroffen... Immer daneben..."

"Ähh Harry, ich dachte, du hast gar keine Enkel..." "Doch doch, zwei Stück... Oder waren das doch meine Kinder? Ich weiß es nicht mehr."

"Da!" Ute zeigt nach vorne, wo Helmut im Soldatenmarsch geradewegs nach vorne geht. Sie fahren an ihm vorbei und halten nur wenige Meter vor ihm. Ute steigt aus... "Links zwo drei vier, rechts zwo drei vier,..." "Wohin willst du?" "Na wonach sieht's denn aus? Zum Kindergarten sicher nicht!" "Zum Soldatenheim?" "Freilich" "Sollen wir dich dort hinbringen?"

Während Harry aufgeregt im Auto hin und her wippt, packt Helmut plötzlich eine riesige Landkarte aus. Verwirrt schaut Ute zu Helmut: "Was ist das?" "Deutschland!" "Ähh, seit wann liegt Paris in Deutschland? Das ist eine Frankreichkarte!" "Noch!"

10 Minuten später: "Hier könnt ihr mich rauslassen!" Ute schließt das Auto ab:

"Damit das mal klar ist! Hier zieht niemand in den Krieg, geschweige denn fährt nach Disneyland oder zu Herbert! Ihr habt sie doch wohl nicht mehr alle! Wir fahren jetzt zurück ins Altersheim."

Für einen kurzen Moment ist alles still... "Wir wurden in den Hinterhalt gelockt! Sie sind eine Schande für das deutsche Volk, Frau Müller!" "Wir sind nicht im Krieg!"

Erneute Stille. 5 Minuten, 10 Minuten, 15 Minuten. Auf einmal, ein leises Schniefen von hinten. Ute schaut in den Rückspiegel: Wie ein Haufen Elend sitzt Harry auf der Rückbank. Als hätte man ihm gerade erzählt, sein Leben wäre hiermit beendet. Ute denkt einen Moment lang nach: "War es das vielleicht wirklich? Ist das Altersheim der letzte Schritt vor dem Ende einer langen Geschichte? Es gab noch so viel, was sie hätte tun wollen..."

Ute schaut zu Helmut, der gerade dabei ist seine Karte zu zerreißen. "Glaubt er wirklich, er könne Frankreich einnehmen? Ist jetzt ja auch egal, mein Entschluss steht fest: Noch einmal nach Frankreich!" Sie setzt den Blinker: Das Ziel lautet Frankreich! Plötzlich reißt sie Helmut aus ihren Gedanken: "Frau Müller, Sie fahren verkehrt. Elsen liegt in der anderen Richtung." "Wer will denn zurück nach Elsen?" "Sie, Frau Müller!" "Ich hab's mir anders überlegt!" Harry reißt seine Augen auf: "Heißt das, wir fahren ins Disneyland?" "Ja, wie fahren nach Frankreich!"

"Gute Taktik Frau Müller! Die Armee besteht aus vier Senioren in einem Auto. Darauf kommt bestimmt keiner. Wir werden sie mit dem Angriff garantiert überraschen! Ich nehme an, die Maschinengewehre, Granaten und Panzerfäuste sind bereits im Kofferraum?" "Ja Herr Schmidt, alles da." "Frau Müller, ich ernenne Sie hiermit zu meinem ersten Offizier!"

Zwei Stunden Autofahrt später: "Ich habe Hunger!", meldet sich Harry zu Wort. "Das trifft sich gut! Ich kenne hier in der Nähe ein gutes französisches Restaurant." "Frau Müller! Wir essen doch nicht bei unseren Feinden."

Ute verdreht die Augen. Dann guckt sie Helmut mit ernster Miene an: "Doch! So können wir unsere Feinde nachher besser einschätzen. Wie sie leben, was sie essen, so haben wir ihnen gegenüber einen leichten Vorteil." "Frau Müller! Sie sind unberechenbar!" Ute kann sich ein Grinsen nicht verkneifen.

Auf einmal fällt ihr ein, dass sie kein Geld dabei hat. "Helmut? Hast du dein Geld dabei?" Helmut wühlt in seiner Tasche: "Selbstverständlich!" "Wie viel?" "5 Reichsmark!" "Euro!" "Nein, war schon richtig so!"

"Ich ham noch nen Einkaufschip!" Voller Erwartung hält Harry diesen nach vorne. "Super!", denkt sich Ute. "Und jetzt?" "Fahr mich zur Bank, jetzt wird Geld abgehoben!", antwortet Helmut.

"Hast du deine Kreditkarte dabei?" "Das habe ich nicht gesagt." "Du willst die Bank überfallen?!"

"Nein, ich wollte fragen, ob die da nicht ein wenig Geld für vier geflohene Senioren hätten"

"Ok, du willst die überfallen. Und wie willst du das so ganz ohne Waffe machen?"

"Sie haben Recht Frau Müller, unsere Waffen im Kofferraum kann ich nicht benutzen, sonst fallen wir womöglich noch auf und jemand wittert was von unserem Plan. Aber liebe Frau Müller, diesmal bin ich der Schlauere von uns beiden. Ich habe eine Idee. Lassen Sie mich das nur machen."

Ute denkt einen Moment darüber nach: "Was soll schon passieren? Den nimmt doch sowieso keiner Ernst. Ein Versuch könnte es allerdings wert sein." Langsam fahren sie auf den Parkplatz der Sparkasse.

"Haben sie schon mal ein Fluchtauto gefahren?" "Ähh nein?!" "Gut, dann ist das heute Ihr erstes Mal!"

Helmut kramt eine Banane aus der Tasche, dann steigt er aus... "Überfall! Ich will das ganze Geld!" Die Bänkerinnen hinter der Glasscheibe lachen sich kaputt. "Hören Sie mal zu, wissen Sie eigentlich wie viele Menschen ich im Krieg getötet habe? Glauben Sie einen mehr oder weniger macht mir was aus?" Eine Bankangestellte reißt sich zusammen und wischt sich eine Träne aus dem Auge:

"Wenn Sie es schaffen sollten, mich mit einer Banane zu töten, dann haben Sie sich ihr Geld redlich verdient!"

"Wo bleibt der denn bloß?" Ute wird von Sekunde zu Sekunde nervöser. Wie blöd konnte sie auch gewesen sein und Helmut mit einer Banane in die Bank schicken? Sie dreht sich um zu Harry: "Ihr rührt euch nicht von der Stelle!"

Dann steigt Ute aus, um es nicht noch schlimmer zu machen, als es wahrscheinlich schon ist. Sie öffnet die Tür der Sparkasse und sieht, wie Helmut mit einer Banane auf zwei Bankangestellte zielt. Diese haben die Arme in die Luft gehoben. Im ersten Moment war Ute fassungslos und zugleich überrascht. Allerdings ändert sich dies, als sie in die Gesichter der beiden Frauen guckt, welche sich sichtlich amüsieren. Also geht Ute geradewegs auf den Tresen zu, um die Sache schnellstmöglich zu beenden. Sie stellt sich neben Helmut:

"Entschuldigen Sie die Unannehmlichkeit, er ist uns aus dem Altersheim entwischt. Er ist ein bisschen krank im Kopf, körperlich aber noch ganz fit. Komm mit Helmut, wir fahren jetzt wieder nach Hause, dort wartet auch schon der liebe Onkel Doktor mit den Spritzen auf dich!" "Sag mal, spinnst du?" Wir sind kurz vor der Geldübergabe!" "Guck sie dir doch an! Die lachen dich aus!" Helmut schaut in die grinsenden Gesichter der beiden Angestellten: "Das letzte Wort ist noch nicht gesprochen!"

Mürrisch kommt er mit.

Vorher erschießt er noch die beiden Bankangestellten mit der Banane.

(Keine Ahnung, wann und ob ich das überhaupt einmal geschrieben habe. Vielleicht im Vollrausch? Viel Spaß dabei, hieraus etwas Sinnvolles zu machen)

Geheim!

Der Autor

Prof. Dr. Wilhelm S. Brede ist freiberuflicher Honorarprofessor der University of Colleque, Atlanta und Vizepräsident der Hochschulvereinigung der Europäischen Gemeinschaft (UEG). Seit seiner Habilitation und Professur hatte er diverse europäische und transamerikanische Titel erhalten und erregte bereits 1982 auch in der Öffentlichkeit großes Interesse mit seinem Erstlingswerk "Wohin, Amerika?", in dem er schonungslos die Verflechtungen der amerikanischen Geheimdienste mit europäischen Großunternehmen in der Zeit zwischen den beiden großen Weltkriegen aufdeckte.

Nach zahlreichen Morddrohungen und einem missglückten Attentat in seiner Heimatstadt Paderborn, zog er sich 1998 weitestgehend in die Privatsphäre zurück, die er nur noch für hochgradig gut gesicherte Auftritte verließ.

Vorwort

"Entweder werden die Leute denken, Du spinnst oder Dir - im günstigeren Fall - einfach nicht glauben. Ich, übrigens, kann es nicht glauben."

Ich starrte jetzt schon einige Minuten auf Olafs Email. Ja, ich war enttäuscht. Olaf war der Erste, der dieses Buch lesen durfte. Ich habe eine hohe Meinung von Olaf und noch mehr respektiere ich sein Allgemeinwissen. Er wäre einer meiner Telefonjoker gewesen, wenn ich jemals bei Günther Jauch angetreten wäre.

Seine Mail wurde im weiteren Verlauf sogar noch deutlicher:

"...Zuerst dachte ich, mein lieber Wilhelm, Du hättest versucht, einen Roman zu schreiben, allerdings konnte ich irgendwie nicht glauben, dass Du dies in einem so langweiligen Stil tun würdest. Ab dem 2. Kapitel dämmerte mir dann, dass Du das ernst meinst. Ich verstand, dass Deine vielen Reisen in den letzten drei Jahren offenbar doch keine Studienfahrten waren, wie Du mir erzählt hast, sondern, dass Du offenbar zu Recherchen unterwegs warst.

Das Ergebnis, welches Du mir da aber in Deinem Manuskript präsentierst, lässt mich - ich spreche offen, wie wir es immer taten - daran zweifeln, ob Du in den letzten drei Jahren Dein Leben nicht sinnlos vergeudet hast. Und um es noch deutlicher zu sagen: Solltest Du tatsächlich nicht einem völlig absurden Hirngespinst hinterhergelaufen sein (und, ja, ich gehe davon aus, dass dies der Fall ist!), so sehe ich ein ganz anderes Problem:

Niemand wird dieses Manuskript veröffentlichen. Und darüber solltest Du froh sein! Wenn Deine Theorie stimmt und wirklich veröffentlicht würde: Dein Leben wäre keinen Pfifferling mehr wert!"

Nachdem ich meine Enttäuschung über diese harsche Kritik etwas verdaut hatte, verschob ich Olafs Email in meinen Archivordner. Ich schloss Outlook und fuhr den Rechner herunter. Es wurde dunkel im Arbeitszimmer und ich blieb noch lange vor dem Computer sitzen.

Am nächsten Tag reichte ich das Manuskript beim ersten Verlag ein. Sie sehen das Ergebnis.

Und machen Sie sich auf etwas gefasst, was Sie vielleicht nicht glauben werden. Dennoch sage ich Ihnen: In diesem Buch stecken drei Jahre meines Lebens. Und ich lebe noch.

(Gerne können Sie sich nun ein passendes Geheimnis für Ihr Buch ausdenken)

Ein Leben oder mehr

Kapitel 1)

Manchmal dachte ich schon darüber nach, dass ich mein Leben deutlich würde verändern müssen. Aber andererseits gefiel mir grade

jetzt, zu dieser Zeit, meine kleine, einfache Welt.

Da vorne war meine Insel. Ich setzte zur Landung an und schaffte es nahezu punktgenau, auf meiner Terrasse zu landen. Seit zwei Wochen lebte ich in diesem Haus. Viel gibt es hier nicht. Ich stehe morgens auf, meist mit der Sonne und vor dem Frühstück mache ich einen Rundgang über meine Insel. Mein erster Blick gilt Carla, meinem Reh. Wie fast immer, grast es auch heute Morgen friedlich auf dem kleinen Hügel neben der Haustür. Carla freut sich, mich zu sehen und kommt mir freudig entgegen getrabt. Ich habe – wie immer – ein paar freundliche

Worte bereit und bin der Überzeugung, verstanden zu werden. Nach einem Klapser auf den Hals trabt Carla wieder davon.

Mein Weg führt mich weiter zur Klippe. Das Meer ist friedlich blau, nur ganz wenige Schaumkronen spielen ab und zu mit den darunter verborgenen Riffen. Ich gehe vielleicht einhundert Meter an der Klippe entlang, um dann in den Kellergang des Nebengebäudes abzubiegen. Hier ist es kühl und ruhig. Der vielleicht 20 Meter lange Gang ist mir tatsächlich besonders gut gelungen. Ich liebe es, am Ende des Ganges das erste Licht des kommenden Tages zu sehen und mein Schritt wird schneller und wacher. Als ich schließlich das Tor durchschreite, aus dem Gang hinaus auf die Wiese, fühle ich mich glücklich. Ja, das ist mir wirklich gut gelungen. Meine Bank wartet nur wenige Schritte entfernt und ich setze mich, geradezu magnetisch geführt, auf die rechte Seite. Die Bank hat Platz für 3 oder 4 Personen, aber niemand außer mir hat bisher darauf gesessen. Der Blick über die Nordseite der Insel auf das hier deutlich stürmischere Meer treibt mir eine Gänsehaut über den Rücken. Ich verweile gute 15 Minuten und schalte meinen Verstand wieder ab.

Ein wohlbekanntes Geräusch holt mich aus meinem morgendlichen Zusatzschlaf. Zebra ist wieder im Wasser. Ich glaube das nicht! Wieso meinen alle Zebras, sie müssten nachts nordwärts in das Wasser springen? Ich überlege kurz, ob es der Mühe wert ist, einen Rettungsversuch zu starten, entscheide mich dann aber dagegen. Zebra war mir auch nicht wirklich gut gelungen. Ich greife den Bärentöter neben der Bank, knie mich hinter die Lehne und ziele lange und konzentriert. Bereits der erste Schuss sitzt. Zebra versinkt ohne weitere Geräusche im Wasser. Ich beende meine Runde am Brunnen, erfrische mich und genehmige mir ein ausgiebiges Frühstück.

Bis zum Mittag beschäftige ich mich dann damit, Carlas Hügel zu verschönern. Es gelingt mir gut und ich bemerke auch an Carlas

Reaktion, dass es ihr gefällt. Ich lege mich etwas aufs Ohr, um dann am Nachmittag die Klippe etwas zu erhöhen. Ich finde, der Anblick wird besser, je höher er ist.

Nun könnte ich schlafen gehen, entscheide mich dann aber doch dafür, ein neues Zebra zu bauen. Es dauert nicht lang und ich glaube, es ist mir diesmal richtig gut gelungen. Diesmal bin ich schlauer und kette Zebra an einen Pflock auf der südlichen Wiese.

Genau die richtige Zeit, um schlafen zu gehen, denn ein heftiger Schlag trifft mich am Fuß.

Ich hasse Jens! Er nervt ständig und meist dann, wenn ich es gar nicht gebrauchen kann! Aber immerhin hatte er diesmal einen wichtigen Grund, so dass ich bereit bin, ihm sofort zu verzeihen. ...

Olic ist verletzt! Mist. 3 Tage fällt er aus. Und ich hab nur einen viel zu jungen Ersatzspieler. Aber was bleibt mir. Er muss nun ran. Das wird auch seine Moral stärken. Ich stelle ihm zur Sicherheit einen etwas erfahrenen offensiven Mittelfeldspieler an die Seite. Ich muss nur drauf achten, dass der wenigsten fit genug ist, aber damit habe ich aktuell keine Probleme.

Durch Olics Ausfall stehe ich jetzt deutlich schlechter dar im Vergleich zu den anderen 14 Mannschaften der Liga. Bisher war ich leistungsmäßig Dritter, jetzt nur noch Fünfter. Das macht den angepeilten 3. Platz dieses Jahr unwahrscheinlicher. Vielleicht sollte ich noch einen 4. Stürmer auf dem Transfermarkt besorgen. Ich werde mich gleich mal umsehen.

Jens schon wieder. Mama kommt gleich nach Hause und ich habe Mathe noch nicht fertig. Okay, das ist ein Grund, dennoch kriegt Jens erstmal einen gewaltigen Schlag auf die Schulter zurück. Ich bin stärker als er. Und er muss auch noch Latein machen. Also machen wir uns daran, die Hausaufgaben zu erledigen. Alles andere hat Zeit und nach den Hausaufgaben muss ich mich auch dringend wieder an den Garten machen. Die Hecke muss gekürzt und der Rasen gemäht werden.

Heute werde ich mich nicht mehr um Zebra kümmern können, aber es bleibt auf jeden Fall noch etwas Zeit, um meinen Bürgermeisterpflichten in Neuchristburg nachzukommen. Die Bevölkerung hat in den letzten Jahren stark zugenommen, allerdings hängt die Infrastruktur zwischenzeitlich deutlich hinterher. Tessa begrüßt mich freundlich, als ich das Büro betrete und hält mir gleich die Nachricht hin, dass es in der Südstadt zu Demonstrationen gegen mich gekommen ist. Ich bin tatsächlich zu selten hier, aber auch heute muss ich es dabei belassen. Mathe ist noch nicht ganz fertig.

(In dem Buch sollte es um einen Charakter gehen, der sich zwischen virtuellen Welten, Computerspielen, Handygames und dem echten Leben hin und her pendelt.)

So schwierig war es gar nicht

Als Adolf Hitler am 20. April 1969 starb, hinterließ er ein recht stabiles mitteleuropäisches Reich und hatte mich zudem seit 5 Jahren darauf vorbereitet, den Europatag zu übernehmen.

Meine Berliner Parteikameraden standen geschlossen hinter mir und auch außerhalb der Reichsgrenzen gab es niemanden, der versuchte, an der Rechtmäßigkeit meiner Nachfolge zu zweifeln. Der russische Zar war abhängig von unseren Lebensmittellieferungen, Asien hatte zu viele eigene Probleme und das kanadische Empire war durch Dr. Hitlers Freihandelsabkommen so sehr damit beschäftigt die Entwicklung der virtuellen Medien voranzutreiben und dabei gute Gewinne zu erzielen und gleich wieder auszugeben, dass sie nicht mehr als eine neue Garantieerklärung von mir haben wollten.

So konnte ich mit Beginn des neuen Jahrzehnts damit starten, die Welt in Ordnung zu bringen. Die 1970 Jahre wurden damit zur Blütezeit Mitteleuropas und – wie gesagt – es war viel leichter, als Sie es sich bisher vielleicht vorstellen.

Heute, im Jahr 2022, stehe ich nun kurz davor, meinen Nachfolger zu benennen. Ich habe nahezu alles geschafft, was wir uns vorgenommen hatten. Die Probleme der Welt sind fast vollständig gelöst. Nur, dass bisher niemand wirklich weiß, wie ich das gemacht habe. Es existieren viele Gerüchte. Manche stimmen oder kommen der Wahrheit nahe, andere sind dermaßen abwegig, dass ich bis heute nicht glauben kann, wie andere das glauben konnten.

Bevor ich nun abtrete, halte ich es für wichtig, Sie, meine Leser, in die Wahrheit einzuführen. Ich weiß nicht, ob ich damit die Arbeit meines Nachfolgers erschweren werde oder ob Sie es verstehen werden. Aber am Ende eines Lebens verlangt es nach Wahrheit. Das war schon vor 50 Jahren so und das ist heute nicht anders. Ich denke, es wird auch in 100 Jahren nicht anders sein.

Bevor wir meine Leistungen würdigen, lassen Sie uns meinem Vorgänger danken und ihn würdigen. Dr. Hitler hat in der zweiten Hälfte seines Lebens nahezu so viel geleistet, wie ich es in den letzten fast 50 Jahren danach. Wussten Sie, dass die Grundlagen dazu bereits im Ersten Weltkrieg geschaffen wurden? Die wenigsten wissen das. Aber bald werden Sie dazu gehören.

Lassen Sie uns eintauchen in die Wirren der ersten Jahrzehnte des 20. Jahrhundert. Wir beginnen mit dem legendären Datum: Es ist der 28. Juni 1919. Der erste Weltkrieg ist endgültig abgeschlossen und der sogenannte „kleine Vertrag von Versailles" lässt die Welt zu neuen Ufern aufbrechen.

Das hätte auch ganz anders ausgehen können. Die Siegerstaaten Amerika, England und Frankreich und ihre kleineren Verbündeten hätten Deutschland, Russland und den südeuropäischen Kleinstaaten sicherlich ein Diktat aufgezwungen, wenn Phillip Scheidemann, der legendäre deutsche Ministerpräsident, nicht einen jungen Politiker österreichischer Abstammung als Hauptunterhändler nach Versailles geschickt hätte. Adolf Hitler, damals grade 30 Jahre alt, erledigte ein Mammutprogramm in wenigen Wochen. Als „Held von Marne" und weitsichtiger Visionär gelang es ihm, mit jedem der beteiligten Präsidenten, Regierungschefs und Diktatoren Verabredungen und Verträge zu schließen, die letztlich die Weltordnung neu geschaffen haben.

Hitler hatte schnell verstanden, dass er es mit sehr vielen unterschiedlichen Interessen zu tun hatte. Amerikas Präsident Woodrow Wilson hatte eigentlich nie Interesse an einem Krieg, sondern brauchte dringend wirtschaftliche Erfolge und nachdem Scheidemann ihm vertraglich die Neutralität gegen Mexiko zugesichert und damit die damals umstrittenen Gebietsansprüche Amerikas an Kalifornien, Nevada, Arizona, Neu-Mexiko, Utah sowie Teile von Colorado und Wyoming bestätigt hatte, ließ sich Wilson nicht dazu bewegen, Hitler dafür die polnischen oder Tiroler Kriegsgewinngebiete wegzunehmen.

Englands Ministerpräseident, Lloyd George, Forderung: *The new map of Europe must be so drawn as to leave no cause for disputation which would eventually drag Europe into a new war.* („Die neue Landkarte von Europa muss so gezeichnet werden, dass sie keinen Grund mehr lässt für Auseinandersetzungen, die Europa schließlich in einen neuen Krieg ziehen würden.") war natürlich eine Steilvorlage für meinen werten Vorgänger. Der erste Vertrag Hitlers wurde dann auch direkt mit England geschlossen und schrieb die gegenseitige Grenzanerkennung fest. Bemerkenswert hierbei ist jedoch der Weitblick Hitlers, der als Gegenleistung für George´s Geste ihm 50% der deutschen Steinkohlevorkommen zu einem Festpreis für 20 Jahre zugestand. Hierfür wurde Hitler eine zeitlang scharf kritisiert, bevor sich nur wenige Jahre später herausstellen sollte, welch große Vision unser späterer Führer damit bereits vorzeichnete.

Der schwerste Part war sicherlich die Verhandlung mit dem französischen Ministerpräsidenten Georges Clemenceau. Letztlich war der damals 77jährige und bereits leicht an Parkinson erkrankte Kriegstreiber aber dem frischen und – in dieser Verhandlung sogar intriganten – Hitler nicht gewachsen: Dieser hatte sich schon vorher mit Lloyd George einen Verbündeten gesichert, der ebenfalls gegen die anfangs horrenden Forderungen des Franzosen Front machte. Und auch der amerikanische Senat ratifizierte die vertraglichen

Unverschämtheiten von Clemenceau schließlich nicht, so dass seine starre Haltung letztlich erfolglos blieb.

(Wenn Sie den Mut haben, daraus eine alternative Realität zu machen – nur zu!)

Mögliche Zeittabelle
20.04.1889 – Hitler Geburt
18.07.1918 – Hitler als Held von Marne (29 Jahre alt)
28. 06.1919 - Der erste Weltkrieg ist endgültig abgeschlossen -
„kleiner Vertrag von Versailles"
20.04.1969 – Hitler stirbt, ich übernehme
1970er Blütezeit, Ölförderung in den Alpen
Fracking in den Ostgebieten
Autobahnbau und entsprechende Infrastrukturerfolge
Ausbau des Schienennetzes
80er) Windmühlendekret („Jedem Gipfel seinen Zipfel") – in Folge
Energieunabhängigkeit
90er) Verstaatlichung der Energiekonzerne, Ersetzen von Dachziegeln
durch Solarziegel

Dialoge

P: Jan, jetzt leg bitte das Handy weg. Wir essen grade zusammen!

J: Ich muss nur grade einmal einen Kampf starten, sonst bekomme ich meine nächste Meisterung nicht.

P: Das muss ja wohl nicht jetzt sein! Wir essen grade!

J: Wenn ich das jetzt nicht mache, dann verfallen meine Punkte und ich muss mindestens noch 5 neue Kämpfe machen!

P: Das ist mir jetzt wirklich egal. Leg das Handy jetzt weg und iss. Und nimm noch Gurkensalat. Du musst nicht immer nur das Fleisch essen.

J: Jetzt hab ich auch keinen Hunger mehr.

M: Ich hab schon zweimal Gurken genommen.

P: Und wieso hast du jetzt dein Handy auch in der Hand?

M: Ich wollte nur kurz auf die Uhr schauen.

P: ...weil gleich dein Verbandsspiel läuft oder was?

J: Siehste? Mark schaut auch immer aufs Handy.

P: Wenn ich bei meinen Eltern beim Abendessen am Tisch saß, dann haben wir miteinander gesprochen, erzählt, wie der Tag war und uns dabei aufs Essen konzentriert! Mein Vater hätte den Gürtel rausgeholt, wenn ich dabei Zeitung gelesen oder mit anderen telefoniert hätte!

J/M: ...ja...und aufgegessen wurde auch, was hätten sonst die Kinder in Afrika gesagt und außerdem sollte die Sonne ja wieder scheinen...

P: Ihr braucht euch gar nicht darüber lustig zu machen. Jedenfalls haben wir uns noch persönlich mit Freunden getroffen und nicht nur Nachrichten verschickt.

M: Ihr hattet ja auch keine Handys.

J: und keine SMS und kein Whatsapp. Ihr wart ja gezwungen, immer rauszugehen!

P: Jedenfalls haben wir uns dann erst nach dem Essen verabredet. Oder vorher. Und dann waren wir irgendwann zum Abendessen zurück und dann hatten wir was zu erzählen und die Familie war gemütlich beim Essen wieder zusammen. Und dann hatten wir noch einen schönen Abend gemeinsam.

M: …vor dem Fernseher…

J: …oder vor dem Radio…

M: …oder beim gemeinsamen „Mensch ärgere dich nicht"…

P: Na und? Da war man zumindest zusammen und wusste noch, was Familie bedeutet. Heute braucht Ihr uns doch nur noch, um Euch zu irgendwelchen Trinkspielparties zu fahren oder ein Referat für die Schule zu machen. Und wenn man dann mal gemütlich zusammen sitzen möchte beim Essen, habt Ihr stattdessen das Handy in der Hand.

J: Wir habens ja jetzt gar nicht in der Hand!

P: Ja, mal grade, für ne Sekunde.

M: Ich schon für mindestens 10 Sekunden!

(Idee: Dialoge zwischen Vater (P=Papa) und seinen Kindern)

12 Tage Hölle

22.12.

„Driving home for christmas...cant wait to see all those faces" - Christians Autoradio fängt seine Stimmung auf den Punkt ein. Es ist noch früh am Tag und alles sieht danach aus, als würde er heute Abend – und damit rechtzeitig – zuhause ankommen. Das hatte er sich allerdings auch verdient. Die letzten zwei Wochen waren extrem. Und jetzt brauchte er dringend Ruhe und Familie.

23.12.

24.12.

25.12.

26.12.

27.12.

28.12.

29.12.

30.12.

31.12.

01.01.

02.01.

(Was passiert in den 12 Tagen der „Weihnachts- und Sylvesterhölle?)

Belogen

1

Hätte ich gestern gewusst, was ich heute weiß, wäre ich im Bett liegen geblieben und gestern wäre spurlos an mir vorbei gegangen. Aber ich wusste es nicht besser und so stand ich gegen 9 Uhr auf, bereitete mich im Bad auf den Tag vor und startete die Kaffeemaschine. Jogginghose an, dazu eine Jacke und rüber zum Bäcker, ein paar frische Brötchen und zwei Croissants geholt und zurück ins Haus. Marlen war noch nicht wach und so nutzte ich die Zeit, einen schönen Frühstückstisch herzurichten. Der Kaffee war fertig, Butter, Marmeladen und zwei weiche Hühnereier waren schnell dazu gezaubert, ein paar Scheiben Schinken und Salami rundeten den einfachen Tagesbeginn ab.

Marlen zu wecken erwies sich als besonderes Tageserlebnis. Das Frühstück wurde schnell zur Nebensächlichkeit und noch immer war mir nicht bewusst, dass dieser Tag nicht ansatzweise so gut enden, wie beginnen sollte. Im Gegenteil fühlte ich mich grade nun heute, an diesem so furchtbaren Tag, besonders gut! Marlen war bereits meine Freundin in der Grundschule. Wir standen gemeinsam in der Schlange, wenn es nach der Pause zurück in die Klasse ging, wir gingen zusammen auf das gleiche Gymnasium und lernten in der Tanzschule als Paar die Tänze, die wir später auf Turnieren deutlich vollendeter vorführen konnten.

Das Studium führte unsere Lebenswege in unterschiedliche Richtungen. Mich interessierte mehr die Ökonomie, also studierte ich BWL, während Marlen die Erziehungswissenschaften erlernte. Fünf Jahre entfernten wir uns voneinander, ich in Berlin, Marlen in Bielefeld. Manchmal trafen wir uns noch, um auf Partys gemeinsamer

Bekannter zusammen zu feiern, aber erst nachdem Marlen ihren Abschluss hatte, trafen wir uns wieder häufiger in Berlin, bis auch ich so weit war, den nächsten Schritt zu gehen.

Mit etwas Verspätung machten wir uns dann doch daran, zu frühstücken. Kurz nach 11 saß ich im Auto und fuhr gut gelaunt zum Hafen. Ich wollte mir einen kleinen Segler anschauen, den Marlen und ich vielleicht für eine Wochenendtour mieten wollten. Vor einem Jahr hatten wir beide zeitgleich den Segelschein für Binnengewässer gemacht und uns bei dieser Gelegenheit auch wieder getroffen. Ein erster gemeinsamer kleiner Turn hatte uns dann endgültig zusammengeführt, so dass wir uns bereits kurz danach ein gemeinsame Penthouse-Wohnung in Hamburg gekauft hatten.

Das Boot machte auf den ersten Blick einen guten Eindruck. Ich sah mir die Takelage und Computerausstattung an, mir gefiel die kleine Kajüte sehr und auf dem Heckdeck war genug Platz, um es sich abends gemütlich bei einem Cocktail gutgehen zu lassen. Ich griff zu meinem Handy, um Marlen meinen ersten Eindruck zu beschreiben. Ein Riesenknall, gefolgt von einer Druckwelle, die mich über Bord warf, verhinderte den Anruf.

2

Hans „Bart" Neschen war niemand, auf den man nachts in einer einsamen Straße, egal in welcher Stadt, treffen wollte. Das galt für Frauen genauso, wie für 90% der männlichen Bevölkerung, selbst innerhalb der männlichen Hamburger Bevölkerung, und selbst innerhalb der kleineren Gemeinschaft der Hamburger Milieugesellschaft.

Der Kosename „Bart" war leicht zu erklären, da nahezu das gesamte Gesicht des bärigen 2-Meter-Manns mit Haaren bewachsen war, beginnend bei einer üppigen Mähne, die nahezu nahtlos in buschige Augenbrauen überging, um von dort in dicken Koteletten die Wangen, das Kinn, den Hals bedeckte, dabei auch einen Weg von der Oberlippe in die Nase gefunden hatte und irgendwo unterhalb des Halses sich auf dem Oberkörper fortsetzte. „Bart´s" Alter war nicht zu schätzen. Die Augen machten den Eindruck, er habe schon mindestens die 50 erreicht, der Körperbau, stämmig, fast drahtig, machte einen jüngeren Eindruck.

Hans Neschen zählte zu den regionalen Größen der Szene, ließ sich aber niemals mit den üblichen Milieugrößen aus der Prostitutions- oder Drogenszene blicken. Auch sein Kleidungsstil passte so ganz und gar nicht zu dieser Szene, aber genauso wenig zu seinem eher ungepflegten Äußerem. Offiziell finanzierte er seinen doch luxuriösen Lebenswandel durch die Vermittlung von Immobiliengeschäften an Land und auf Wasser. Inoffiziell war jedem klar, dass eine Menge mehr hinter diesem Bart stecken musste, obwohl es weder seine wenigen Freunde noch offizielle Stellen ihm bisher direkt in seinen Bart sagen würden.

An diesem Dienstag um 12 Uhr saß Hans Neschen in seiner Stammkneipe „Moin!" und ließ sich sein ausgiebiges Frühstück schmecken, als Hannes, der Wirt vom „Moin" ihn ans Telefon rief: „Mälchen will dich sprechen. Scheint eilig!" Hans rieb die Serviette einmal um sein Gesicht herum, um die Rühreireste fortzuwischen und war erstaunlich schnell im Hinterzimmer, griff den Hörer: „Mälchen, was ist passiert?!" Die Stimme am anderen Ende war zu aufgeregt, schluchzte immer wieder, stockte und es dauerte eine Minute, bis Hans sie soweit beruhigt hatte, um zu verstehen, was passiert war: Warte auf mich, ich komme sofort!"

15 Minuten später fiel Marlen ihm im Josefs-Krankenhaus um den Hals und versank beinahe in seiner Umarmung: „Hans! Hans!" „Mälchen, was ist denn passiert?" Marlen, hier als Mälchen bekannt, versuchte sich zusammen zu reißen: „Knut ist bei einer Explosion schwer verletzt worden. Er wird grade operiert. Mehr weiß ich nicht. Er war auf dem Segelboot, als das explodiert ist. Du weißt doch: Das Segelboot von Deinem Freund Kutte."

(Tja, mehr fiel mir nicht ein, aber es wäre sicherlich ein monströses Verwirrspiel geworden, ein Krimi der Extraklasse!)

Abschließend

Nur, um es sicher zu stellen:

Sie können all diese Geschichten, die ich hier begonnen habe, für sich selbst nutzen.

Sie können die Anfänge der Geschichten eins zu eins übernehmen oder nach eigenem Gusto abändern, wie Sie wollen und daraus eigene Geschichten oder Bücher machen.

Sie haben die Freigabe von mir dafür.

Sie dürfen sich aber nicht wundern, wenn andere Autoren es ebenso machen und vielleicht die bessere Geschichte schreiben.

Die Bilder in diesem Buch können Sie übrigens ebenfalls nutzen. Sie sind alle bei pixabay.com im öffentlichen, kostenlosen Bereich heruntergeladen worden, haben also kein Copyright.

Viel Spaß mit Ihren Ideen!

Siegmar Stücher, im September 2022

PS: Es wäre nett, wenn Sie mich in Ihrem Buch erwähnen würden, irgendwo im Anhang unter „Idee durch Siegmar Stücher" oder so.

Anhang

Wie bereits im Vorwort angekündigt folgt hier nun eine Auflistung der Bücher, die ich bisher veröffentlicht habe. Um das Buch auf ein paar mehr Seiten zu bringen, packe ich zudem einen kleinen Auszug aus jedem Buch mit hier hinein. Sie können die Bücher bei Amazon oder BoD.de oder im normalen Buchhandel erwerben:

1) **Mein erstes Buch:**
   Vater von Zwillingen Der Ratgeber für Zwillingsväter
   ISBN 978-3-7519-8926-8

(...)

Schnell noch einmal zurück zur Schwangerschaftsgymnastik. Nutzen Sie diese weitere Gelegenheit, um Ihrer Frau zu zeigen, dass Sie Interesse haben. Wenn Sie dies tun, kann auch Ihre Frau sich gegenüber den anderen Frauen damit brüsten, dass sie wenigstens einen Mann abgekriegt hat, der das Ganze ernst nimmt, der überhaupt zu solchen Terminen mitkommt, auch, wenn er vielleicht nur blöde Fragen stellt, aber dafür ist er ja auch nur ein Mann.

Also fragen Sie bei diesem Termin. Denken Sie sich vorher Fragen aus. Wenn Sie irgendeine Übung nur zu 99,9 Prozent verstanden haben, so lassen Sie sich die restlichen, „wichtigen" Details erklären! Fragen Sie zudem, woran man merkt, wann man welche Übung machen sollte. Wurde das gerade erklärt, sollten Sie das besser nicht fragen. Dann fragen Sie stattdessen, ob man auch noch alternativ eine andere Übung machen kann, wenn die erste nicht hilft. Mit der

Frage können Sie nix falsch machen. Glaube ich. Vermeiden sollten Sie allerdings unbedingt die folgenden Fragen bzw. Sätze:

Alles, was Sie <u>niemals</u> beim Geburtsvorbereitungs-Kurs sagen oder fragen sollten

- Dauert das eigentlich immer so lange mit der Geburt, wie man hört?
- Hilft das überhaupt irgendwas, wenn wir das machen?
- Können wir nicht einfach den Bauch aufschneiden und uns das ersparen?
- Wie wahrscheinlich sind Fehlgeburten eigentlich?
- Warum müssen wir das hier überhaupt machen?
- Darf ich hier lachen?
- Guck mal die da an! Die ist ja sogar noch dicker, als Du!
- Du hast echt am meisten zugenommen von all den Dicken hier.
- Tut mir leid, aber das ist mir echt zu blöd.
- Booah, die da drüben sieht ja echt noch richtig geil aus!
- Ich kann Dich nicht mehr haaaaalteeeen!

Okay, wer irgendeinen dieser Sätze von sich gibt, kann auch gleich stockbetrunken mit der Dose Bier zur Gymnastik gehen. Er wird nicht lange dabeibleiben dürfen.

2) **Mein zweites Buch:**
Vertrieb kompakt – Tipps zum Aufbau eines Vertriebs für Ihr
Unternehmen
ISBN-10 : 1521288682
ISBN-13 : 978-1521288689

Viele Unternehmungen beginnen vertrieblich mit einer guten Idee
und einem Chef, der alles macht und auch für die Aufträge sorgt.
Irgendwann ist das Unternehmen mit etwas Glück gewachsen und
die Aufgaben werden mehr und mehr. Die Geschäftsführung hat
keine Zeit mehr, selbst Vertrieb zu machen. „Ein Vertrieb muss her."

Entweder wird nun der Techniker, der nicht schnell genug „nein"
gesagt hat, zusätzlich in den Vertrieb geschickt oder es wird ein
Vertriebsmitarbeiter eingestellt, der nach einer kurzen
Einarbeitungszeit für neue Kunden und Umsätze sorgen soll. Mit
etwas Glück konnte man einen erfahrenen Vertriebsmitarbeiter bei
einem Wettbewerber abwerben, der genug Fachwissen mitbringt.
Das ist der Ausnahmefall. Und selbst bei diesem Glücksfall hat die
Geschäftsführung damit nur kurzfristig etwas richtig gemacht. Denn
der Chef verlässt sich nun auf diesen Vertriebsmitarbeiter und „lässt
ihn mal machen."

Hat man stattdessen nur einen Techniker mit Vertriebserfahrung
abgeworben, können dabei anfangs vielleicht auch Umsätze zustande
kommen (z.B. weil dieser alte Kunden seines früheren Arbeitgebers
abwerben kann und entsprechende Kontakte hat). Oft genug aber
hat der ausgewählte Techniker einfach keinerlei Wissen um den
Vertrieb.

Beide Varianten sind langfristig nicht erfolgreich. Um einen echten
Vertrieb aufzubauen sind einige Dinge mehr notwendig. Die

wichtigsten versuche ich hier in aller Kürze zu beschreiben. Merken Sie sich zu Beginn dies: „Vertriebsaufbau ist Chefsache." Nur Sie als Chef der Unternehmung wissen letztlich, wie Ihr Vertrieb in ein, zwei Jahren aussehen soll und was Sie verkaufen möchten. Sie wissen auch, wie Sie Ihre Produkte oder Dienstleistungen verkaufen möchten. Und wahrscheinlich wissen Sie sogar zu einem guten Teil, wie man es macht, schließlich haben Sie es bisher selbst gemacht. Jeder andere Mitarbeiter, ob Techniker oder Vertriebler, wird andere Vorstellungen davon haben, wie er Umsätze machen möchte. Darum ist es wichtig, den Kollegen Grundlagen mitzugeben, die ihnen dabei helfen, den Vertrieb so zu machen, wie Sie es sich vorstellen.

Nachfolgend finden Sie dazu die ersten Grundlagen. Und noch ein Wort vorab: Bis auf das Ende des Buches (Teil 5) geht es hier immer um Neukunden, also um Kunden, die bisher noch nicht bei Ihnen gekauft haben. Natürlich kann man vieles aus dem Buch auch auf Bestandskunden anwenden, aber die „Verwaltung" von Bestandskunden sind eigentlich nicht das Thema dieses Buches. Es geht darum, dass Sie im Zuge Ihres Wachstums mehr Aufträge und mehr Kunden bearbeiten müssen, nicht darum, dass Sie bestehende Kunden zu mehr Umsatz motivieren. Darüber kann man ein eigenes Buch schreiben. Wie gesagt: Dazu gibt es nur ein paar Hinweise im letzten Kapitel des Buches.

3) Mein drittes Buch:
Professionelle Zaubertricks zum Selbermachen für Close-Up und Bühne
ISBN-10 : 1090879849
ISBN-13 : 978-1090879844

In diesem Buch finden Sie 6 professionelle Zaubertricks zum Selbermachen. Die Erstellung kostet Sie ein bisschen Zeit und Sie benötigen Papier und ggf. einen Drucker. Damit sparen Sie aber viel Geld.

Zudem erlernen Sie prinzipielle Zaubertechniken, die Sie gerne auch für sich weiter entwickeln können. Alle magischen Tricks werden ausführlich erklärt und sind bebildert. Sie benötigen KEINE Fingerfertigkeit - insofern sind sie genauso für Anfänger geeignet, wie für kostenbewusste Fortgeschrittene.

Halten Sie sich einfach an die Anweisungen und alles funktioniert nahezu von selbst. Alle aufgeführten Tricks sind praxiserprobt. Ich führe diese alle in meinen Zauberseminaren immer wieder vor und erhalte immer wieder Erstaunen und Applaus für jeden einzelnen.

Sie müssen für die Erstellung nur etwas malen oder ausdrucken und dickeres oder Fotopapier im Haus haben. Und einen Stift. Oder zwei. Lediglich für den siebten (Zugabe-)trick müssen Sie ein paar Kleinigkeiten kaufen. Zusammen aber hält sich der Betrag hierfür auch bei unter 5,- Euro.

Mit allen Tricks zusammen sind Sie in der Lage, ein circa einstündiges Programm vorzuführen. Werden Sie zum Star Ihrer nächsten Party!

Aus dem Inhalt:

1) Eine schöne Geschichte – „Was ist ein Magier?"

2) Mentale Magie - eine 100% sichere Auswahl aus 2 Möglichkeiten – die Wette

3) Mentale Magie - eine 100% sichere Auswahl aus 3 Möglichkeiten – Bildervorhersage

4) Mentale Magie - eine 100% sichere Auswahl aus 6 Möglichkeiten – ESP-Karteneffekt

5) 5 Partys an 5 Orten – eine Kartengeschichte

6) Welche Karte hat sich Ihr Zuschauer ausgesucht – eine Variante mit 3 Karten

Zugabe, die ein bisschen kostet:

7) Für Kinder und Erwachsene: Fridolin piepst nicht oder doch (3er-Monte)

4) **Die beste Familie von allen (erweiterte Ausgabe):**
   Familie geht nur mit viel Humor
   Geschichten nach Kishon oder so ähnlich
   ISBN-10 : 1983239461
   ISBN-13 : 978-1983239465

(...)

Also nochmal: Meine Frau hat richtig Spaß daran, wenn ich so mit 160 km/h über die Autobahn fahre und sie das ein oder andere für sich neu entdecken kann oder auch einfach zum 17mal sieht und sich dran erfreut. Ich freue mich eigentlich auch, denn ich mache meiner Frau eine Freude, sie hat ihren Spaß an der Gegend und auch an meinem Fahrstil. Es ist schön, so mit ihr wohin auch immer zu fahren.

Das geht so lange gut, bis ich diesen kleinen weißen Strich, neben dem die 160 steht, um einen Millimeter überschreite. Irgendwo muss es eine weibliche Hirnregion geben, die exakt erkennt, wann man 160 km/h fährt und wann 161. So, wie Jean Luc Picard vom Raumschiff Enterprise eine Abweichung der Stabilisatoren um 0,03% erfühlen kann, so bemerkt die beste Ehefrau von allen sofort, wenn die Tachonadel die 161 erreicht hat: „Fahr nicht so schnell! Du weißt doch, dass ich dann Angst bekomme!"

Anfangs habe ich noch gesagt, dass ich ja gar nicht schneller fahre, aber objektiv hat sie nun einmal Recht. 161 sind mehr als 160. Bei 160 km/h kann man sich die Gegend ansehen, bei 161 wird das unmöglich, weil der Angstschweiß einem in die Augen tropft.

Anfangs habe ich auch noch versucht, meine rechte Hand ein wenig tiefer am Lenkrad zu platzieren. Unmöglich, dass sie so noch einen Blick auf meinen Tacho werfen konnte, wenn die Nadel ein wenig tiefer geriet. Aber dennoch kommt genau bei 161 ein Satz, wie „Fahr nicht zu schnell!!" Ich habe lange überlegt, wie sie das erkennt.

Vielleicht zählt sie auch einfach die Sekunden, die vergehen, wenn ich an 2 Straßenpollern vorbeifahre? 0,7 Sekunden zu 0,71 Sekunden, wenn ich die 161 erreicht habe? Vielleicht beginnt der Beifahrersitz auch einfach bei dieser Geschwindigkeit speziell zu vibrieren? Ich habe es – trotz diverser Selbstversuche - nicht heraus-gefunden. Ich weiß nur, wenn meine Tachonadel 161 anzeigt, höre ich sofort „Fahr nicht so schnell!" Ab 161 hört der Spaß am Autofahren auf. Weil meine Frau es so will. Und es bemerkt. Wie auch immer.

Natürlich habe ich einiges versucht, um meine Frau von der Geschwindigkeit des Autos abzulenken. Einen anderen Radiosender suchen lassen, die Kinder einbeziehen und sie in ein Gespräch verstricken, sie selbst auf die schöne Landschaft ringsum aufmerksam machen und vieles mehr. Es funktioniert nichts. Die 161er-Grenze führt sofort zum „Fahr nicht zu schnell". Ignorieren bringt übrigens gar nichts bzw. führt nur zu Wiederholungen dieses Satzes. Und zu Steigerungen. Spätestens, wenn der Satz fällt „Denk doch dran, dass die Kinder auch im Auto sind!" habe ich keine Chance mehr. Man will ja nicht am Tod seiner Kinder schuld sein. Und das ist unumgänglich ab 161 km/h...

5) **Der Bundesfreiwilligendienst: Der kleine Ratgeber**
   Taschenbuch
   von Christian Brede – eine Empfehlung von mir an alle
   kommenden Soldaten
   ISBN-10 : 3754341014
   ISBN-13 : 978-3754341018

(...)

Am Ende des ersten Monats muss dann übrigens der Bescheid über die positive Sicherheitsüberprüfung angekommen sein. Wenn die nicht ankommt, muss man die ganze AGA nochmal machen – es ist also extrem wichtig, dass die rechtzeitig da ist! Zudem darf kein Soldat die Waffenausbildung beginnen, ohne vorliegende Sicherheitsüberprüfung. Meine war vier Tage vor Abschluss des ersten Monats noch nicht da. Und auch von 15 anderen Kameraden nicht. Natürlich wusste kein Vorgesetzter, woran das liegen könnte. Wir würden dann wohl nochmal von vorne beginnen müssen, hieß es.

Ein Anruf bei meinem Vater und meinem Bruder, der die Bundeswehr schon hinter sich hatte, half weiter. Der eine ging an meinem Wohnort zur Bundeswehrverwaltung, der andere rief bei der Stabsverwaltung in Düsseldorf an. Und tatsächlich saßen da Leute, die miteinander sprechen konnten und nach zwei Tagen feststellten, dass meine Vorgesetzten die Prüfungsunterlagen einfach nicht angefordert hatten und deswegen auch nicht bekommen hätten. „Die lägen hier schon seit zwei Wochen rum". Zum Glück kamen sie gerade noch rechtzeitig in meiner Kaserne an. Bundeswehrverwaltung halt, nicht wundern.

Noch ein Nachtrag zur Waffenausbildung. Nach den theoretischen Ausbildungen (Handhabung der Waffen, Bestandteile, etc.) wird anfangs noch im Gebäude das Zerlegen und Zusammensetzen geübt, dann später draußen im Gelände (hier nehme ich allerdings einen Teil von Monat 2 voraus):

„BEST DFG SCHIEßAUSB HDWA NSAK"

Abkürzungen sind in der Bundeswehr vollkommen üblich. Auch solche. Die obige bedeutet „Bestimmungen für die Durchführung der Schießausbildung mit Handwaffen nach neuem Schießausbildungskonzept".

Die Ausbildung, so sagten mir die Kameraden, war recht anstrengend und schwierig. Sie wurde im Gelände durchgeführt. Es gibt ein 274 Seiten starkes Handbuch für die Durchführung. Zusammengefasst übt man erst wieder Zerlegen und Zusammenbau der Waffen, dann aber auch die persönlichen und allgemeinen Sicherheitsbestimmungen und Möglichkeiten bei Fehlern der Waffe. Schließlich wird dann erst im Simulator und irgendwann dann auch scharf in allen möglichen Positionen geschossen.

Die Kameraden waren danach jedenfalls alle ziemlich fertig. Die ganzen Übungen bis hin zum Prüfungsschießen ziehen sich über eine Woche. Bei mir auch, allerdings musste ich nicht ins Gelände, sondern konnte in der Kompanie üben. Ich hatte mich (offenbar genau im richtigen Augenblick) „neukrank" gemeldet, war also krankheitstechnisch draußen nicht einsetzbar und durfte die Übungen „gemütlich" in der Kompanie durchführen und musste letztlich nur die Schießprüfung draußen erledigen. So günstig das war, desto nervender ist es allerdings, wenn man dann bei jedem Huster den Spruch „Sterben einstellen" zu hören bekommt.